Olga Kaminer
Alle meine Katzen

Olga Kaminer

Alle meine Katzen

*mit Zeichnungen
von Katja Fratzscher*

Ullstein

Inhalt

Clarens 7

Python 13

Schamil 24

Maus 36

Patrizia, die Tochter von Maus 47

Murotschka 54

Andenken an Juka 69

Brian Eno 78

Assa 89

Zwischenkatzen 96

Masja 105

Marfa 120

Fjodor 127

Wassilissa 136

Epilog 147

Clarens

Auf Sachalin lebte unsere Familie und die Familie meiner Tante auf demselben Stockwerk in einem Haus für Mitarbeiter der Geologischen Expedition. Auf jeder Etage gab es drei Wohnungen, alle arbeiteten zusammen, alle kannten sich untereinander, alle waren befreundet. Die Kinder pendelten den ganzen Tag von einer Wohnung zur anderen, die Erwachsenen versammelten sich jeden Abend zum gemeinsamen Essen, alle Türen standen offen, es war fast wie in einem Wohnheim. Meine Tante hatte zwei Jungs, die beide älter als ich waren. Von den Cousins erbte ich das ganze Spielzeug, wenn es drüben nicht mehr gebraucht wurde. Ein Kinderauto, in das die molligen Brüder nicht mehr reinpaßten, ein Klavier, das von der Tante zu Erziehungszwecken gekauft worden war, aber von den beiden wie die Pest gehaßt wurde. Dazu jede Menge Kinderbücher, die sie nicht interessierten. Die Cousins mochten eigentlich nur Taschenmesser und Kartenspiele. Wenn sie lasen, dann nur Abenteuerbücher: Romane von Walter Scott, Main Reed und Jules Verne, außerdem sowjetische Science-fiktion – z. B. über den Aufbau des Kommunismus auf dem Mars.

Mich interessierte diese Literatur nicht. Die Tante gab ihre pädagogischen Ansprüche trotz des Widerstands nicht auf und abonnierte die Klassiker der Kinderliteratur, die regelmäßig in einer Buchreihe mit dem Namen »Eins nach dem anderen« erschienen. Auf diesen dünnen Büchern war immer eine Art Logo abgebildet: ein kleiner Junge, der auf einer Wiese saß und ein Buch auf den Knien hielt. Die meisten Leser waren aber eigentlich Mädchen. Das erste Buch aus dieser Reihe, das ich mit sechs las, hieß »Der lebende Hut«. In dieser Geschichte ging es um ein Katzenbaby, das sich ständig unhöflich benahm, in der Küche randalierte, an den Gardinen schaukelte, die Wände zerkratzte – bis eines Tages ein großer Hut vom Kleiderständer auf das Kätzchen fiel. Die Kinder bekamen große Angst, als sie diesen lebenden Hut entdeckten, der durch die Wohnung kreiste, sie liefen von ihm weg, der Hut hinter ihnen her. Mein Vater besaß genau so einen Hut wie auf dem dazugehörigen Bild im Buch. Ich stellte mir vor, wie es wäre, wenn bei uns so ein lebendiger Hut durch die Wohnung liefe, ich hätte bestimmt keine Angst davor bekommen. Der Hut war also schon da, es fehlte nur noch die Katze. Meine Mutter war jedoch streng dagegen. Sie konnte Katzen nicht ausstehen. Deswegen war meine Kindheit beinahe katzenfrei. Nicht, daß wir gar keine Haustiere gehabt hätten. Als ich zur Schule ging, bekam ich z. B. einen Hamster von den Nachbarn geschenkt, er war aber schon alt und ist nach einem Jahr gestorben. Meine Eltern brachten einmal im Sommer aus dem Urlaub, den sie im Kaukasus verbracht hatten, zwei tschetschenische Papageien in einem Käfig mit nach Sachalin. Sie hießen Jakob und Rosa und lebten lange bei uns – bis Jakob auf einmal wegflog, aus dem Küchenfenster raus. Rosa langweilte sich ohne ihn furchtbar und wartete nur noch darauf, daß das Fenster einmal offen blieb. Eines Tages war es soweit, und sie flog auch weg – in die Taiga.

Auf Sachalin gab es nicht viele Ausgehmöglichkeiten, die größte Sehenswürdigkeit war der Wald um die Stadt herum. Jedes Wochenende gingen die Familien in die Taiga, um Beeren und Pilze zu sammeln, Wildenten zu jagen oder einfach spazierenzugehen. Von diesen Spaziergängen brachte mein Vater mir oft neue Haustiere mit. Ich bekam auf diese Weise einen Hasen, ein Streifenhörnchen und sogar einen kleinen Fuchs. Dieser Fuchs war sehr bösartig, er bellte wie ein kleiner Hund, klaute Fleisch in der Küche und biß meine Mutter einmal in den Finger, als sie ihn füttern wollte. Mein Vater hat ihn danach wieder im Wald ausgesetzt. Das Streifenhörnchen war eine wilde Natur. Man konnte es überhaupt nicht streicheln. Es schoß durch die Wohnung wie eine Rakete – hin und her, und verstaute dabei seine Vorräte, die es aus dem Küchenschrank meiner Mutter zusammenklaute. Genaugenommen hatte es mein Kopfkissen zu seinem Geheimversteck auserkoren.

Ich wollte lieber eine Katze, aber meine Mutter blieb hart. Diese Haare überall und dieser Geruch, das wäre furchtbar, sagte sie. In unserem ganzen Haus lebte nur eine Katze. Das Mädchen aus der Wohnung unter uns, das ein Jahr älter als ich war und auch Olga hieß, besaß einen sibirischen Kater – Clarens. Diesen Namen verdankte er einem Fernsehbeitrag, der bei uns auf der Insel für Furore gesorgt hatte. Es wurde über eine Familie im fernen Leningrad berichtet, die früher im Zirkus als Löwendompteure gearbeitet hatte. Als sie in Rente gingen, bekamen sie von der Stadtverwaltung die Genehmigung, einen alten Löwen bei sich zu Hause zu halten. Sie lebten mit dem Tier mitten in der Stadt und führten ihn sogar aus. Dieser Löwe hieß Clarens. Viele bei uns hatten sich über diese Zirkusleute aufgeregt. Die Geologen hatten zum Beispiel oft in der Taiga mit Bären zu tun, aber keiner wäre auf die Idee gekommen, einen Bären bei sich zu Hause zu halten. Auf jeden Fall gaben Olgas Eltern ihrem Kater diesen Löwennamen. Als Baby sah Clarens unwiderstehlich niedlich aus, wie eine kleine Flaumkugel, rotgelb, in den Farben des Sonnenuntergangs – nur gestreift. Wir spielten mit ihm nach der Schule »Kindergarten« – zogen ihm Puppenklamotten und ein Mützchen an, wickelten ihn in eine Decke, legten ihn in ein Spielzeugbettchen und fütterten ihn mit Milch aus einer Babyflasche. Das Baby Clarens wurde aber sehr schnell erwachsen. Mit neun Monaten entwickelte er eine königliche Lebenshaltung – er benutzte das Katzenklo nicht mehr, sondern ging statt dessen auf die normale Toilette, wo er sich wie ein Mensch auf die Klobrille hockte. Während wir die Hausaufgaben machten, saß er unter der Lampe auf dem Schreibtisch und beobachtete uns mit einem Gesicht – als wäre er ein Lehrer und für unsere Noten verantwortlich. Clarens konnte nicht wie alle normalen Katzen miauen. Wenn er etwas mitzuteilen hatte, sagte er

»Ha!«. Schon mit einem Jahr benahm er sich wie der Familienälteste. Wir begegneten ihm mit Respekt, es schien uns unangebracht, ihn weiterhin in Puppenklamotten einzuwickeln. Wie die meisten Katzen in unserem Land war Clarens nicht kastriert. Einmal in zwei Wochen ging er auf den Hof, um seine Katzenfreundschaften auszubauen, und verschwand dabei gleich für mehrere Tage. Die Nachbarn aus den nahe liegenden Häusern berichteten uns ab und zu über Clarens Heldentaten; er war bei den Katzen im Bezirk sehr beliebt und von anderen Katern gefürchtet. Eines Tages ging Clarens wie immer auf einen Spaziergang nach draußen und kam nicht wieder. Wir fingen bereits nach drei Tagen an, uns große Sorgen zu machen und durchkämmten die ganze Karl-Marx-Straße auf der Suche nach ihm. Die Hinweise aus der Bevölkerung waren sehr unterschiedlich. Einige meinten, ihn am Ende der Sowjetskaja-Straße gesehen zu haben, mehrere Wohnblocks von unserer Straße entfernt. Jemand wollte ihn sogar vor dem Gerichtsgebäude in der Dserschinskaja-Straße gesehen haben. Wir haben geweint und geweint.

Der Löwe Clarens wurde übrigens unmittelbar danach in Leningrad von einem Straßenpolizisten erschossen, dem er während eines Spaziergangs den Kopf abzubeißen versucht hatte. Das ist aber eine ganz andere Geschichte.

Python

Nach der Schule wurden alle Kinder auf der Insel von ihren Eltern aufs Festland geschickt, damit sie einen anständigen Beruf lernten. Auf Sachalin gab es nur ein Öl-Technikum. 1982 war ich mit der Schule fertig und flog nach St. Petersburg, damals noch Leningrad genannt. Meine beiden Cousins waren bereits seit zwei Jahren dort, sie studierten angeblich »Mathematik« am Technologischen Institut, so dachten zumindest ihre Eltern. Bei ihnen konnte ich wohnen und mich für die Aufnahmeprüfung am Technologischen vorbereiten.

Das Zusammenleben mit den beiden Brüdern entwickelte sich von Anfang an kompliziert. Wir waren inzwischen erwachsene Menschen mit unterschiedlichen Gewohnheiten. Die Cousins hatten einen sehr speziellen, wenn auch unkomplizierten Tagesablauf. Nachts spielten sie Karten mit ihren Kommilitonen, tagsüber schliefen sie. Einmal in der Woche gingen sie in ein Restaurant, einmal im Monat – zum Institut. Sie waren eigentlich ganz in Ordnung, wir konnten uns gut leiden, aber als selbständige junge Frau konnte ich ihren Lebensstil nicht teilen.

Ich zog in ein Studentenwohnheim am Rande der Stadt. Eigentlich durften dort nur die Studenten der »Fachhochschule Nr. 77« leben und arbeiten, hieß es. Ich wußte nicht einmal, für welche Fächer diese Hochschule ausbildete. Dafür aber habe ich eine Frau kennengelernt, die eine gute Beziehung zum Kommandanten dieses Heimes hatte. Er hatte sich gerade frisch in meine Bekannte verliebt und war bereit, für sie was zu riskieren. Ich bekam ein Zimmer im dreizehnten Stock, einfach so – für umsonst. Schnell wurde mir klar: Auch die anderen Bewohner dort auf der Etage links und rechts hatten nichts mit der »Fachhochschule Nr. 77« zu tun, die meisten bezahlten dem Kommandanten 50 Rubel im Monat für ihr Zimmer und machten, was sie wollten. So bekam ich nach wenigen Monaten in der Stadt ein eigenes Zuhause – mit Tisch, Wandschrank, Bett,

Dusche und einem tollen Ausblick. Man sah ein weites Feld und Eisenbahngeleise, die sich am Horizont auflösten.

Eine neue Umgebung bringt zwangsläufig auch neue Bekanntschaften mit sich. Gleich am zweiten Tag klopfte jemand an meine Tür. Ein junges Mädchen sagte: »Hallo, ich bin Vera, ich wohne direkt neben dir. Bist du neu?« Vera setzte sich auf den Tisch, weil ich keinen zweiten Stuhl hatte. Wir sprachen sechs Stunden miteinander. Abschließend wußte ich alles über Vera, ihre Kindheit, ihre Liebesaffären und ihre Zukunftspläne. Sie lernte, wie ich heiße. Vera war zehn Jahre älter als ich. Sie hatte zu diesem Zeitpunkt eine Ausbildung am Optikmechanischen Institut abgeschlossen und eine Arbeitsstelle in Kasan zugewiesen bekommen, fuhr aber nicht hin. Sie blieb illegal in Leningrad, in der Hoffnung, dass ihr langjähriger Liebhaber, ein Leningrader Boheme-Fotograf, sie heiratete. Der Fotograf aber führte sie an der Nase herum. Mal sagte er, er müsse zuerst alles genau mit seinen Eltern besprechen, mal sagte er, daß seine Familie sich gerade eben entschlossen habe, nach Israel auszuwandern. Wenn Vera ihm eine Szene machte, sagte er sofort zu, machte aber schließlich doch keinen Hochzeitstermin beim Standesamt. Vera genoß bei den Bewohnern des Heimes, besonders bei den älteren, über Dreißigjährigen, große

Popularität, sie hatte eine sehr erotische Ausstrahlung. Wir beschlossen, unsere Zimmer zusammenzulegen. Auf diese Weise entstand eine Zweizimmer-Wohnung – mit einem Schlaf- und einem Gästezimmer. Zur Einweihung luden wir die Nachbarn ein. Rechts von uns wohnte ein imposanter Juwelier mit dem Spitznamen Basilio, links von uns ein junger Geschäftsmann aus dem Untergrund namens Iwanow. Auch sie wußten nichts von der mythischen »Fachhochschule Nr.77«. Abends saßen wir alle in unserem Gästezimmer, hörten italienische Popmusik, Toto Cutugno und Adriano Celentano, die damals sehr beliebt waren, und tranken Rotwein und Tee. Dieses neue unabhängige Leben gefiel mir sehr. Tagsüber ging ich brav zum Institut, abends ins Café »Saigon«, in dem damals die gesamte alternative Blüte von Leningrad ihren »doppelten Kleinen« trank. Im Saigon auf einen Kaffee vorbeizuschauen, war der kürzeste Weg, um die Stadt kennenzulernen. Alles, was jung, begabt, revolutionär und intelligent war, hielt sich dort Tag für Tag auf – dieselben Menschen an denselben Tischen. Man konnte im Saigon immer den neuesten Klatsch erfahren, Geld borgen, Marihuana kaufen und über die Welt philosophieren. Meine Nachbarn aus dem Studentenwohnheim gingen nie ins Saigon. Wenn ich ihnen darüber was erzählte, lächelten sie nur, sie waren nicht sonderlich kulturinteressiert. Ich pendelte zwischen zwei Welten, den Künstlern und Hippies aus dem Saigon und unserer Hausgemeinde im Heim.

Überraschend schnell ging mein erstes Jahr in Leningrad zu Ende – es wurde Winter und somit Silvester. Ich erhielt von allen Seiten Einladungen zum Feiern: von den Nachbarn im Heim, von den Saigon-Leuten, von meinen beiden Cousins und sogar von den Studenten aus dem Technologischen Institut. Mir war es eigentlich egal, wo ich Silvester verbringen würde. Ich war berauscht von den vielen neuen Freunden und beschloß leichter Hand, bei meiner neuen Saigon-Freundin Tatjana die Silvesternacht zu verbringen, die mich sehr charmant eingeladen hatte. Also habe ich mir nicht einen Plan B ausgedacht und die anderen nicht einmal nach der Adresse gefragt, wo sie feiern wollten. Am 31. Dezember 1982 um 22.30 Uhr stand ich wie verabredet vor Tatjanas Tür auf der Wassilijew-Insel mit einer Flasche Champagner und einer Tüte Schinken in der Hand. Ich klingelte und klingelte. Niemand machte auf. In den Fenstern brannte kein Licht. Ich bekam kalte Füße. Die Perspektive, die ganze Silvesternacht allein auf der Straße zu verbringen, gefiel mir überhaupt nicht. Mit dem letzten Bus schaffte ich es gerade noch ins Saigon. Zum Glück war das Café offen.

Die bösartigen Kellner-Tanten gingen von Tisch zu Tisch mit schmutzigen Lappen in den Händen und schimpften auf die letzten Besucher, sie sollten endlich verschwinden. An einem der Stehtische entdeckte ich eine Bekannte von mir: Aida – sie sah traurig aus und trank einen Cognac nach dem anderen. Ich bestellte mir ebenfalls einen. Wir kamen ins Gespräch. Auch Aida hat es Silvester verpennt, wir wußten beide nicht, wohin. Zehn Minuten später lernten wir zwei Jungs kennen, der eine lud uns ein, bei ihm zu Hause zu feiern. Wir kauften eine Flasche Cognac für unterwegs und gingen zu Fuß zu unserer neuen Bekanntschaft nach Hause. Der Junge wohnte zusammen mit seinen Eltern, die uns aber nicht störten. Seine Familie feierte in einem Zimmer, wo der Fernseher stand, wir deckten schnell einen Tisch im Nebenzimmer, mit Brot, Schinken und Cognac. Dazu drehte einer der Jungs einen riesengroßen Joint. Ich hatte bis dahin noch nie Marihuana probiert. Ich witterte Gefahr, nur wollte ich an diesem Silvester nicht klein beigeben und nahm ein paar Züge. Das war das Ende meiner Silvesterparty. Dunkel konnte ich mich anschließend noch erinnern, daß man mich um Mitternacht geweckt hatte. Jemand schenkte Champagner ein und schrie mir »Hurra« ins Ohr. Ich nahm einen Schluck und schaltete sofort wieder ab.

Gegen fünf Uhr früh wurde ich wach. Ich saß auf einem Sofa und versuchte mühsam, den Verlauf des Abends zu rekonstruieren, um überhaupt zu verstehen, wo ich war. Neben mir in einem Sessel schlief Aida, wie eine Schnecke zusammengerollt. Auf dem anderen Sofa saßen die beiden Jungs nebeneinander wie siamesische Zwillinge und schliefen ebenfalls. Ich weckte unseren Gastgeber, dessen Name ich noch immer nicht wußte, und bat ihn, mich zum Ausgang zu bringen. »Soll ich dir etwas zeigen?« fragte mich der Junge mit geheimnisvoller Stimme. Ich sagte »Ja«. Er öffnete seinen Kleiderschrank. Dort auf den Klamotten lag eine Siamkatze mit vier Babys von unglaublicher Schönheit. »Willst du eins? Zu Erinnerung?« fragte mich der Junge und lächelte. Ich nahm mir ein besonders sympathisch aussehendes Baby aus dem Kleiderschrank und fuhr damit nach Hause. Das Katzenbaby wurde überhaupt nicht von Heimweh geplagt. Ruhig schlüpfte es in meinen Ärmel und schlief dort sofort ein. Um es nicht zu wecken und damit es nicht herausfiel, mußte ich die ganze Zeit wie ein verletzter Kommissar meinen Arm nach oben tragen. Um sechs Uhr früh kam ich zu Hause im Studentenwohnheim an. Dort fand ich unsere gesamte Sippe munter an einem festlich gedeckten Tisch sitzen. »Wir haben die ganze Zeit auf dich gewartet!« riefen sie. »Wo warst du?« Ich erzählte ihnen von meinen nächtlichen Mißgeschicken und präsentierte ihnen meine Silvestereroberung. Das Katzenbaby kroch aus dem Ärmel auf den Tisch, rollte mit seinen verschlafenen roten Augen und schlüpfte sofort in den Ärmel meiner Mitbewohnerin Vera. »Wie ein Python!« sagte der Geschäftsmann Iwanow und alle stimmten ihm zu.

Die ersten zwei Monate benahm sich Python sehr leise, für den Kommandanten blieb er unsichtbar. Die meiste Zeit seines Lebens verbrachte er in den Ärmeln der Bewohner unseres Studentenheimes. Ständig konnte man deswegen auf dem Flur jemanden mit einem hocherhobenen Arm beobachten. Schon wenig später kannte Python das ganze Haus, und in jedem Zimmer war er willkommen. Python war ein konservativer Kater. Er aß nur Fischkonserven: Sprottenpastete, für vierzig Kopeken die Dose. Das einzige Spiel, das er mochte, war, an den Gardinen zu schaukeln, den Rest der Zeit verbrachte er auch als Halberwachsener in irgendwelchen Ärmeln. Zweimal fuhr Python mit mir nach Moskau. Ende März mußte ich nach Sachalin fliegen. Meine Eltern wurden unruhig, sie machten sich Sorgen, bombardierten mich mit Briefen, drohten, daß sie selbst nach Leningrad fliegen würden, wenn ich sie nicht besuchen käme. Ich gab meinen Nachbarn strenge Anweisungen, auf Python aufzupassen. Drei Wochen später kam ich erholt aus dem Urlaub zurück, mit zwanzig Kilo elterlicher Geschenke im Gepäck. Die Sachaliner Gaben waren in einem überdimensionalen Koffer verpackt, der stark nach Fisch roch. Am Flughafen machten die Menschen einen großen Bogen um mich, dafür liefen sämtliche Flughafen-Katzen hinter mir her, die wie aus dem Nichts in Rudeln ankamen und mein Gepäck umzingelten. Ich fühlte mich schrecklich. Der Flug von Chabarowsk nach Leningrad dauerte neun Stunden, mit sieben Stunden Zeitunterschied. In Chabarowsk war es noch Winter – minus 16 Grad, in Leningrad dagegen 18 Grad plus. Ich hatte einen Pelzmantel mit Kaninchenfell an, dazu Stiefel und Pullover, außerdem sechs Kilo roten Kaviar und 15 Kilo geräucherten Lachs im Gepäck, der langsam, aber sicher anfing, zu stark zu riechen. Am Leningrader Flughafen liefen alle in T-Shirts herum und aßen Eis. Ich hoffte sehr, jemand würde mir meinen Koffer klauen. Ich ließ ihn mehrmals irgendwo stehen und ging Kaffee trinken oder auf die Toilette. Aber niemand traute sich an ihn heran. Ich schwitzte und führte Selbstgespräche. Das ist der Nachteil des Lebens in einem großen Land, sagte ich zu mir selbst, man muß bei Reisen immer auf alle Jahreszeiten gleichzeitig gefaßt sein.

Wie ich im Studentenheim den Fischkoffer in den dreizehnten Stock schleppte, weil der Fahrstuhl wie immer kaputt war, und was ich dabei über Sachalin, Freundschaft, Urlaub und Fahrstuhlbau im Sozialismus dachte, möchte ich hier auslassen. Ich machte die Tür auf. Auf meinem Bett lag ein mir unbekannter Mann, neben ihm auf dem Stuhl saß eine mir unbekannte Frau. »Entschuldigung, aber das ist doch mein Zimmer!« sagte ich. »Nein, das ist unseres!« antworteten die beiden. Während meiner Abwesenheit hatte sich im Studentenwohnheim einiges getan. Jemand hat eine Beschwerde eingereicht, und eine Kommission der Stadtverwaltung hatte die Bewohner überprüft. Der Kommandant landete daraufhin wegen Korruption im Knast, und alle meine Freunde waren rausgeworfen worden, erzählte mir die neue Kommandantin. »Und das Kätzchen?« – »Das Kätzchen haben sie mitgenommen.« – »Wer hat es mitgenommen?« fragte ich. »Sie haben einen Brief für Sie hinterlassen«, sagte die Frau. Im übrigen sei es verboten, Haustiere in einer öffentlichen Einrichtung zu halten. Mit diesen Worten übergab sie mir einen Papierfetzen. »Liebe Olga«, stand dort, »wir müssen von hier dringend verschwinden, das halbe Haus ist auf der Flucht, rette sich, wer kann! Wohin wir gehen, wissen wir noch nicht. Python nehmen wir mit. Wir küssen dich und wünschen dir viel Glück. Deine Freunde Vera, Basilio, Iwanow.« Ich fuhr zu meinen Cousins. Denn irgendwo mußte ich doch den verfluchten Fischkoffer abstellen.

Meine Freunde aus dem Heim habe ich nie wiedergesehen, auch Python nicht.

Schamil

Damals in Leningrad befand sich der Wohnungsschwarzmarkt auf der Löwenbrücke im Zentrum. Zusammen mit einer Freundin ging ich dorthin, um für kurze Zeit eine passende kleine Wohnung für uns beide zu finden. Der Wohnungsmarkt auf der Löwenbrücke glich einem modernen Sklavenmarkt. Jeden Tag von früh bis spät standen dort Menschen, die sich bedingungslos als Untermieter anboten, aber niemand wollte sie haben. Nur manchmal kamen launische Vermieter vorbei und wählten sich jemanden aus. In der Regel mußten die Menschen auf Wohnungssuche monatelang auf der Brücke ausharren, ehe sie irgend etwas fanden. Wir hatten Glück. Gleich am ersten Tag wurden wir von einer netten älteren Frau angesprochen. Sie wollte ihre Dreizimmerwohnung in einem alten Haus neben dem Baltischen Bahnhof an uns vermieten. Das Haus sollte schon seit einem halben Jahr abgerissen werden und war längst entmietet, die alte Frau hatte vom Staat eine neue Wohnung in einem Schlafbezirk am Stadtrand zugewiesen bekommen, sie besaß aber noch immer die Schlüssel zu ihrer alten Wohnung. In der sozialistischen Planwirtschaft ging es zum Glück nie nach Plan. Das Haus konnte also rein theoretisch noch Jahre lang leerstehen, wir konnten aber auch gleich am nächsten Tag von der Abrißbirne aus dem Bett gerissen werden. Wir zogen auf eigene Gefahr ein, erst einmal für drei Monate und 250 Rubel. Für damalige Verhältnisse war das ein Schnäppchen. »Falls euch jemand nach mir fragt, wir haben uns nie gesehen«, sagte die gute Oma und zählte das Geld. In der Wohnung gab es sogar ein Telefon, und Gas und Strom waren auch noch nicht abgeschaltet.

Bei der Einweihungsparty verteilte ich fröhlich unsere neue Telefonnummer an alle Freunde und Bekannte und wunderte mich danach sehr, warum niemand anrief. Wir waren in dem alten Haus wie von der Welt abgeschnitten. Das Telefon schwieg. Nach zwei Wochen stellte sich ein ernstes Problem ein. Es war nicht die Abrißbirne, die mir mein Leben zu versauen drohte, es war meine eigene Freundin. Natascha war frisch und glücklich verliebt. Ihr Liebhaber, ein Student der Bahnakademie, zog ebenfalls bei uns ein. Die beiden kuschelten die ganze Zeit im Gästezimmer, Natascha fütterte den Studenten mit unseren letzten Lebensmittelvorräten. Nachts stöhnten die beiden wie Elefanten. Ich hatte zwar auch einen Freund, er wohnte aber in Moskau und kam nur selten zu Besuch. Die Liebesbeziehung meiner Nachbarin verdarb mir die Laune. Ich fühlte mich sehr einsam. Einmal, als ich nicht schlafen konnte und durch die Wohnung wanderte, stolperte ich über das Telefonkabel, sofort klingelte es. Das Telefon war wahrscheinlich durch einen Riß im Kabel gestört gewesen. Nun klingelte es wie verrückt. Als erstes rief mich meine alte Freundin Tatjana an. Sie erzählte mir, daß ihre Eltern auseinander gegangen seien und die Stadt verlassen hätten. Ihre Mutter, eine Dichterin, war mit dem neuen Liebhaber, einem Kaukasier, in den Süden gefahren. Ihr Vater, ein Maler, dagegen in den Norden, um dort sein Glück zu suchen. Ihre große Wohnung hatten sie ihrer siebzehnjährigen Tochter überlassen. Ob ich nicht zu ihr ziehen wolle, fragte Tatjana mich. Sie hatte eine Flasche guten Rotwein und einen intelligenten Kater namens Schamil, aber fühlte sich von allen verlassen. Ich nahm ihr Angebot gerne an und zog gleich am nächsten Tag aus diesem mich befremdenden Liebesnest aus. Es waren gerade Sommerferien, das Haus von Tatjana befand sich am Ufer eines kleinen Sees. Wir schliefen bis spät in den Tag rein, der Kater jagte kleine Vögel auf dem Balkon oder versuchte den einzigen Goldfisch im Aquarium zu fangen. Schamil war ein großer schwarzer Kater mit einer weißen Krawatte auf der Brust und weißen Socken. Sein ganzes Leben hatte Schamil in der Gesellschaft von Dichtern und Denkern, alles Freunde von Tatjanas Eltern, verbracht. Diese feine Gesellschaft hatte die Vermenschlichung des Katers enorm vorangetrieben. Er konnte die Türen auf- und zumachen, das Fernsehgerät ein und ausschalten, er aß mit den Pfoten, benutzte Taschentücher, und wie Tanja behauptete, las er sogar Schiller in der Originalausgabe – auf ausländisch. Außerdem hörte er gern klassische Musik, vor allem Wagner, Weber und Beethoven, wobei er die besonders pathetischen Stellen ziemlich treffsicher nachmiaute. Nachts gingen wir zum Nacktbaden an den See, veranstalteten dort Hexenspiele und verscheuchten die verspäteten alkoholisierten Fußgänger, die uns für böse Geister der Nacht hielten. In weiße Laken umwickelt, jagten wir den abergläubischen Stadtbewohnern Angst ein und bereicherten dadurch das nicht besonders geistreiche Leben in Leningrad. Der Sommer ging zu Ende, wir gingen weiter studieren. Tatjana lernte an der Universität »fernöstliche Sprachen«, ihr Hauptfach war Chinesisch. Ich studierte am Chemieinstitut »Die Herstellung und Verarbeitung von Erzeugnissen in der Gummiindustrie«. Obwohl wir beide unser Studium für nicht besonders aufregend hielten, haben diese Studiengänge uns im Alltäglichen eindeutig geprägt.

In meiner Gummigruppe waren viele ausgezeichnete Tischtennisspieler. Ich lernte Tischtennis spielen und verbrachte jeden freien Tag im Sportraum des Studentenheims. Bei meiner Freundin Tatjana und ihren Sinologen entwickelte sich eine ganz andere Leidenschaft: Sie wurden Grufties. Tatjana färbte sich die Haare, die Lippen und ihre Fingernägel schwarz, durchlöcherte ihre Strumpfhosen an allen wichtigen Stellen und schmückte sich mit Sicherheitsnadeln. Ihr Kater Schamil machte diese Gruftie-Phase voll mit. Dafür brauchte er sich nicht einmal sonderlich zu schmücken. Im dritten Semester kam ein neuer Lehrer an die Universität: Andrej Petrowitsch. Er unterrichtete das bei allen Studenten verhaßte, aber unentbehrliche Fach, den sogenannten »Marxismus-Leninismus«. Der Sinn dieses Unterrichts war, den angehenden Sinologen die feinen Unterschiede zwischen dem unseren und dem chinesischen Sozialismus zu erklären, damit sie später, sollten sie jemals im Leben mit Chinesen beruflich zu tun haben, ihnen politisch gewachsen waren. Der »Marxismus-Leninismus« wirkte sich auf die Studenten deprimierend aus und machte sie alle nervös. Jeder versuchte nach Möglichkeit, diesen Unterricht zu schwänzen, außer Tatjana. Denn sie hatte sich in Andrej Petrowitsch verliebt. Auch Andrej Petrowitsch signalisierte ein Interesse an ihr. Für mich war diese Liebe von Anfang an zum Scheitern verurteilt. Sie waren ein viel zu ungleiches Paar. Er trug einen Anzug und Krawatte, sie war Gruftie. Tatjana stellte zu ihrem neuen Lehrer einen privaten Kontakt her, sie trafen sich außerhalb der Universität. Anschließend erzählte sie mir alles. Andrej Petrowitsch wirkte bei den ersten Treffen verschüchtert. Wie viele Parteigenossen aus der damaligen Zeit führte Andrej Petrowitsch ein Doppelleben. Nach außen war er ein strenger Kommunist, nach innen ein radikaler Christ. Seine strahlenden blauen Augen verrieten einen Mann mit tiefem Glauben. Doch am wenigsten glaubte Andrej Petrowitsch an die Überlegenheit des Sozialismus und den Sieg der marxistischer Dialektik. In Wirklichkeit glaubte er an Jesus Christus in der christlich-orthodoxen Variante, ging dreimal die Woche in die Kirche, trug ein goldenes Kreuz unter dem Hemd und betete vor jeder Mahlzeit. Er zeigte durchaus Interesse für die junge Tatjana, nur als Gruftie konnte sie keinen Platz in seinem Herzen finden. Bald trafen sie sich regelmäßig nach dem Unterricht und führten lange Gespräche. Tatjana versuchte auf subtile Art, ihn auf ihre Gefühle aufmerksam zu machen. Andrej Petrowitsch erzählte ihr daraufhin von Hexenverbrennungen, über die Qualen eines sündhaften Lebens und über die Hölle. Meine Freundin war verzweifelt. Ihr wurde klar, daß sie ihre Gruftie-Existenz aufgeben mußte, um bei Andrej Petrowitsch zu punkten. Nach langem Überlegen beschloß sie, sich zu verändern – was macht man nicht alles aus Liebe.

Die Verwandlung verlief kurz, radikal und fast schmerzlos. Über Nacht verwandelte sie sich in eine orthodoxe Barbie – mit blonden Locken, einem volkstümlichen Kleid, bescheidenem Make-up, rosalackierten Fingernägeln und einem kleinen Kreuz auf der Brust. Aus einem rebellischen, freien Gruftie-Mädel wurde über Nacht eine Stewardess. Ihren Wortschatz hatte Tatjana ebenfalls gründlich bereinigt: Alle Schimpfwörter mußten raus. Ab sofort klang sie so unschuldig und korrekt wie der Soundtrack zu einer brasilianischen Seifenoper am frühen Nachmittag.

In diesem neuen Look setzte sie sich auf die

erste Bank im Marxismus-Leninismus-Seminar und hypnotisierte Andrej Petrowitsch. Es hatte Wirkung, es funkte. Andrej Petrowitsch brachte ständig seine Thesen durcheinander und stotterte. Nach dem Unterricht lud er sie in ein Eiscafé ein, abschließend fuhren sie zu Tatjana und schliefen zum ersten Mal miteinander.

Unmittelbar danach wurde Andrej Petrowitsch aber mißtrauisch. Er hatte das Gefühl, in eine Falle geraten zu sein. Seine Vermutung, daß Tatjana sich möglicherweise nur visuell, äußerlich, verändert hatte, in ihrem Innersten aber noch immer ganz die alte geblieben war, lag nahe. Besonders der schwarze Kater Schamil machte Andrej Petrowitsch große Sorgen. Seine Farbe und seine Manieren, die Art, wie Schamil ihn mit seinen gelben Augen durchbohrte, alles deutete darauf hin, daß der Kater des Teufels erster Diener war. Mehrmals fragte Andrej Petrowitsch deswegen Tatjana, ob der Kater wirklich russisch sei, und wenn ja, warum er dann einen solchen unrussischen Namen trage. Er bat sie, den Kater umzubenennen. Die verliebte Tatjana kam seinem Wunsch nach: Der Kater wurde auf den original-russischen Namen Wasja getauft. Die Taufe führte Andrej Petrowitsch eigenhändig durch, er besprizte Schamil mit heiligem Wasser, der Kater schrie laut auf. Doch damit war die Hexenjagd in der Wohnung noch nicht zu Ende. Fast in jedem Zimmer witterte Andrej Petrowitsch böse Geister, er versteckte bei Tatjana unter dem Kopfkissen ein kleines Fläschchen mit einer Reliquie, das Fläschchen ging kaputt und verschmierte Tatjanas Bett mit merkwürdig klebrigen Substanzen. Ferner hängte Andrej Petrowitsch an allen Ecken Ikonen mit Heiligen auf, und er zwang Tatjana, regelmäßig zu fasten.

Besonders großen Wert legte Andrej Petrowitsch darauf, daß Tatjana ihn in die Kirche begleitete. Der Kirchenbesuch sollte den endgültigen Beweis erbringen, daß Tatjanas Pakt mit dem Teufel nicht mehr galt. Beide bereiteten sich auf diesen wichtigen Einschnitt vor. Mehrmals wurde der Kirchenbesuch verschoben: Tatjana sagte zweimal ab, unter dem Vorwand, daß sie noch nicht bereit sei, in die Kirche zu gehen, einmal machte Andrej Petrowitsch einen Rückzieher – aus demselben Grund. Dann kam endlich an einem Sonntag, als in der Kirche eine neue Ikone der heiligen Mutter eingeweiht werden sollte, die passende Gelegenheit. Andrej Petrowitsch bat seine Freundin, erst einmal draußen vor der Kirchentür zu warten. »Ich hole dich rein, wenn es soweit ist«, sagte er zu ihr. Wie immer, wenn sie allein war, zündete Tatjana sich neuerdings eine Zigarette an: Andrej Petrowitsch hatte ihr verboten, in seiner Anwesenheit zu rauchen. Kaum hatte sie zwei Züge gemacht, schon sprang Andrej Petrowitsch aus der Kirche. »Schnell, schnell, sie tragen gerade die neue Ikone rein!« rief er, faßte sie am Ärmel und zog sie in die Kirche. Alles passierte so schnell, daß sie nicht einmal die Zeit hatte, ihre Zigarette wegzuschmeißen. Die Kirche war halb voll, ein übergewichtiger Pope trug das heilige Bild an den Gläubigen vorbei, die sich in einer Reihe aufgestellt hatten. Die meisten wollten die Ikone oder wenigstens die Hand des Kirchendieners küssen. Tatjana stand ganz hinten, die Hände hinter dem Rücken, ihre brennende Zigarette zwischen den Fingern versteckt. Als der Pope an ihr vorbeizog, stieg der Qualm der Zigarette über ihren Kopf. »Die Braut brennt!«, rief jemand aus den vorderen Reihen. Damit war sie eindeutig als Hexe identifiziert.

Tatjana lief aus der Kirche. Aber dieses Erlebnis band Andrej Petrowitsch seltsamerweise nur noch mehr an Tatjana. Er betrachtete sie fortan nicht nur als Freundin, sondern als sein ganz persönliches Schlachtfeld im Kampf mit dem Teufel. Als überzeugter Christ und Marxist-Leninist dachte Andrej Petrowitsch nicht einmal im Schlaf ans Aufgeben. Tatjana und besonders Wasja-Schamil wurden zu Kollateralschäden in seinem Kampf gegen das Böse. Mich ging dieser Andrej

Petrowitsch eigentlich nichts an. Er hatte mir von Anfang an nicht gefallen. Nur meine Freundin und ihr Kater taten mir leid. Tatjana konnte trotz ihrer Anstrengungen doch keine gute Christin werden, sie konnte das Fasten nicht durchhalten und bezeichnete die Himmelfahrt als »Tag der Kosmonautik«. Mit Wasja-Schamil hatte Andrej Petrowitsch nach der Umtaufe einen trügerischen Frieden geschlossen. Der teuflische Kater hatte ihm die Zeremonie jedoch nicht verziehen und wartete nur auf eine Gelegenheit, um sich zu rächen.

Einmal brachte Andrej Petrowitsch eine geweihte Hostie zu Tatjana nach Hause. Er versteckte sie auf dem Schrank. Am nächsten Tag war sie weg. Andrej Petrowitsch machte einen großen Skandal daraus. Er behauptete, Wasja-Schamil habe seine Hostie gefunden und aufgefressen. Das war für Andrej Petrowitsch der letzte Tropfen, der das Faß zum Überlaufen brachte: Seine Geduld war zu Ende. Er stellte Tatjana vor die Wahl: entweder er oder diese Ausgeburt der Hölle, Wasja-Schamil. Nach einer schlaflosen Nacht und unter großen seelischen Schmerzen entschied sich Tatjana für den Kater. Andrej Petrowitsch verschwand aus unserem Leben. Tatjana färbte sich zurück in Schwarz, alles wurde wie früher, der Kater saß auf dem Balkon und jagte die Vögel oder fischte im Aquarium, wir gingen baden. Einige Zeit später, während einer Routine-Putzmaßnahme, fanden wir die Hostie: Sie war hinter den Schrank gefallen.

Maus

Ein Jahr später besuchte ich Moskau, um mit meinem damaligen Freund Sascha, der mir auf die Nerven ging, endlich Schluß zu machen. Auf dem Weg nach Hause lernte ich im Schnellzug »Moskau–Leningrad« ein Filmteam kennen, das sich in mehreren Abteilen des Zuges verteilt hatte, sehr laut und sympathisch war – ein Dutzend junger, langhaariger Männer mit Kameras, Scheinwerfern und zu ihnen gehörenden Frauen. Einer aus der Gruppe sprach mich an: »Hey, Girl, kennst du dich in Leningrad aus? Wir müssen nach Wiborg.« Die Filmemacher wollten in Wiborg auf einem Rockfestival drehen. Ich hatte Zeit und beschloß, mit ihnen zu fahren. Das Leben, wenn man jung ist, verläuft sich zu einem großen Teil in philosophischen Gesprächen. Meine neuen Bekannten hatten jede Menge zu erzählen, noch vor Wiborg waren wir dicke Freunde.

Das Festival fand am Ufer der finnischen Bucht statt, dort hatte man im Freien eine Bühne aufgebaut. Das Konzert ging bis spät in die Nacht, die Züge fuhren nicht mehr. Für die knapp tausend Besucher gab es keine Möglichkeit, Wiborg noch in derselben Nacht wieder zu verlassen. Also hockten die meisten sich um ein Lagerfeuer am Ufer, gingen baden und tranken Wein und Bier. Viele Beziehungen entstanden in dieser Nacht. Ich saß mit meinen neuen Freunden ebenfalls am Lagerfeuer, mit einem von ihnen habe ich mich besonders eng angefreundet. Er hieß Andrej Remington, ein sowjetischer Engländer in der dritten Generation, wie er von sich behauptete. Seine Großeltern hatten den Fehler gemacht, das neblige England gegen das verschneite Rußland zu tauschen. Einer seiner Uronkel war der berühmte Erfinder der Remington-Schreibmaschine, was Andrej nicht müde wurde, allen mit Stolz zu erzählen. Dabei schaute er immer so ernst, als ob er selbst maßgeblich an dieser Erfindung beteiligt war. Auch behauptete er, daß er sich nur zufällig in der Sowjetunion aufhalte und sehr bald zurück zu seinen Wurzeln nach England gehen würde. Die Koffer habe er bereits gepackt. Obwohl niemand Andrejs Geschichten ernsthaft glaubte, verlieh ihm besonders diese Sache mit der Schreibmaschine einen gewissen Charme.

Am nächsten Morgen fuhren wir alle mit dem ersten Zug nach Leningrad. Das Filmmaterial war vielversprechend, der größte Teil der Gruppe kehrte nach Moskau zurück, um den Film fertig zu schneiden. Andrej blieb noch einige Tage in Leningrad. Ich zeigte ihm die Stadt, jeden Tag gingen wir ins Café »Torten und Kuchen« und ins Café »Nord«. Dann fuhr Remington nach Moskau zurück. Ich mußte ihm versprechen, ihn so schnell wie möglich dort zu besuchen. Als ich endlich soweit war, rief ich Remington an. »Entschuldige, daß ich dich nicht vom Bahnhof abholen kann, komm einfach zu mir ins Büro«, sagte er und gab mir die Adresse. Andrej arbeitete als Ingenieur in einem wissenschaftlichen Institut im Zentrum Moskaus. Von früh bis spät saß er in einem sehr kleinem Raum. Mit ihm teilten sich noch zwölf weitere Ingenieure eine Arbeitsfläche von sieben Quadratmetern. Links und rechts von diesem Büro befanden sich andere Büros, die auch voll von Ingenieuren waren. Alle Fenster im Institut waren zugeklebt, und viele Treppen führten in eine Sackgasse. Ich hatte anfangs große Mühe, sein Büro zu finden. Ich wußte von meinen früheren Besuchen der Hauptstadt, daß es in Moskau sehr viele solcher merkwürdigen Gebäude gab, die einem Labyrinth ähnelten. Auf der Suche nach Andrej durchkämmte ich beinahe alle Stockwerke, bis ich in einem Korridor eine Tür bemerkte, die alle zwei Minuten auf und zu ging. Jedesmal kamen seltsame Geräusche aus dem Raum. Ich hatte mich nicht geirrt, es war Remingtons Büro. Sein Tisch stand genau an der Tür, die er immer wieder aufmachte, um sich zu räuspern oder zu husten. Die angeborene englische Höflichkeit erlaubte Andrej nicht, den Kollegen ins Gesicht zu niesen, er nieste nur im Korridor.

Remington war ein untypischer Moskauer. Er sah dem jungen Byron ähnlich, hatte eine große Vorliebe für schwarzen Humor und trug außerordentlich weiße Hemden. Außerdem war Andrej sehr abergläubisch. Besonders die Zahl 13 hatte es ihm angetan. Seine Abneigung gegen diese Zahl ging so weit, daß er am 13. jeden Monats die Arbeit schwänzte und seine Wohnung nicht verließ, was in der damaligen Sowjetunion durchaus als ein schwerwiegendes Verbrechen eingestuft werden konnte. Er traute sich nicht einmal, an diesem Tag Tee aufzusetzen, von irgendwelchen anderen Tätigkeiten ganz zu schweigen. In seinem Büro war er wegen seiner Merkwürdigkeiten unbeliebt, aber seine Chefs duldeten sie und schätzten ihn. Sie drückten ein Auge zu, wenn Andrej am 13. nicht erschien, dafür durfte er aber an keinem anderen Tag seinen Arbeitsplatz verlassen, selbst dann nicht, wenn er eine Freundin vom Bahnhof abholen wollte. Andrej selbst war mit seiner Arbeit ziemlich unglücklich, er war überzeugt, daß dieses Büro ihm Unglück bringe – immerhin war er der dreizehnte Ingenieur im Raum.

Remington wohnte in einer Einzimmerwohnung mit einer Katze namens Maus zusammen. Mit ihrem kurzen grauen Haar, langen Beinen und tieftraurigen gelben Augen wirkte Maus wie ein Wesen aus dem All. Sie wurde als Baby von Remington aus einem überfluteten Keller gerettet, in dem sie unter ihren toten Artgenossen fast ohnmächtig hin und her geschwommen war. Dieses tragische Kindheitserlebnis hatte zweifellos in der Psyche von Maus tiefe Spuren hinterlassen. Wenn Remington Besuch hatte, mußte Maus im Geschirrschrank eingesperrt werden – in dem einzigen abschließbaren Schrank, den es in der Wohnung gab. Wenn der Besuch unangemeldet kam und Maus noch frei herumlief, sprang sie dem Gast sofort auf den Rücken und ritt auf ihm durch die ganze Wohnung. Dabei miaute sie wie wild. Man konnte Maus nur zusammen mit der Haut des Gastes vom Rücken entfernen. Ihr schreckliches Benehmen erklärte sich daraus, dass Maus in ihren einstigen Retter, Herrn Remington, total verknallt und teuflisch eifersüchtig war. Mit dem Alter wurde sie etwas ruhiger, etwas toleranter zu den Besuchern, blieb jedoch ziemlich ungezogen. Sie aß nur aus den Händen ihres Herrn und nur gefrorenen Fisch der Sorte »Mintaj«. Ihre Mahlzeiten sahen aus wie ein religiöses Ritual. Zuerst jagte Maus den gefrorenen »Mintaj« durch die ganze Wohnung, fing ihn mit den Zähnen, knurrte und klopfte ihn gegen den Boden – bis zum vollständigen Tod des ohnehin toten Fisches. Ihre Toilette stand auf dem Balkon, so wollte Maus es haben, behauptete Remington. Die Katze ging bei jedem Wetter auf den Balkon. Mich hat Maus relativ freundlich aufgenommen, sie saß sogar mehrmals auf meinen Knien, saugte sich an meiner Hand fest und hinterließ blaue Knutschflekken. Nachts setzte sie sich auf die Bettdecke. Die anderen Gäste des Hauses hat sie gelegentlich attackiert, manchmal sprang Maus einem Gast direkt ins Gesicht und wurde dafür mit dem Badetuch oder einem Pantoffel geschlagen.

Alle zwei Monate fuhr ich von Leningrad nach Moskau, besuchte Remington und seine Katze. Einmal lernte ich bei Andrej einen seiner Freunde kennen, einen Drehbuchautor namens Iwan, der einen weiten Weg von Kolima im äußersten Norden nach Moskau unternommen hatte, um die hauptstädtischen Filmstudios zu erobern. Iwan war ein überdimensionaler Mann, groß wie ein Berg, naiv und direkt wie ein Provinzler. Er zog bei Remington ein, zuerst, um angeblich auf Maus aufzupassen, während Andrej auf der Krim Urlaub machte, danach blieb Iwan einfach. Ab da lebten sie zu dritt. Maus haßte Iwan wie die Pest, sie erklärte ihm den Krieg. Für den angehenden Drehbuchautor kam dieser Krieg völlig unerwartet. Als offener und gütiger Mensch hatte Iwan in seinem jungen Leben von Menschen und Tieren bisher nur Gutes zu spüren bekommen: Liebe, Freundschaft, Verständnis. Maus versuchte gleich am ersten Tag, ihm die Kehle durchzubeißen. Die ersten Tage schüttelte Iwan nur den Kopf und verteidigte sich ungeschickt, wobei er große Fleischwunden davontrug. Am dritten Tag mobilisierte Iwan alle Badetücher und Pantoffeln in der Wohnung und startete eine Gegenoffensive. Maus flog wie ein Wundervogel aus einer Ecke in die andere, Iwan schwang die Tücher in der Luft und schmiß mit Pantoffeln um sich, seine Treffsicherheit war nicht besonders hoch, doch die Kräfte waren zu ungleich. Nach kurzer Zeit mußte Maus ihre Niederlage eingestehen. Ein Beziehungsaufbau fand aber nicht statt. Maus haßte Iwan nach wie vor, nur ging sie ihm aus dem Weg. Aus Sicherheitsgründen mied sie eine offene Konfrontation mit diesem Dauerbesucher. Als Remington aus seinem Urlaub zurückkam, entfachte Maus ihre Liebe zu ihm mit neuer Kraft, den Drehbuchautor ignorierte sie weitgehend.

Eine besondere Eigenschaft von Iwan war, daß er dauernd in irgendwelche komischen Geschichten verwickelt war. Einmal versuchte er eine ihm unbekannte Frau vor einem Hooligan in der Straßenbahn in Schutz zu nehmen. Iwan schlug dem Hooligan ins Gesicht, woraufhin die Frau zu schreien anfing: »Hilfe! Er hat meinen Mann umgebracht!« Iwan landete auf der Polizeiwache. Ein andermal fing Iwan mit Remington auf einer Party eine Diskussion über fernöstliche Kampfsportarten an, die angeblich auch in seiner sibirischen Heimat sehr populär waren. Sie gingen auf den Balkon, um eine Zigarette zu rauchen. Wenig später hörten die anderen Anwesenden einen kurzen Schrei vom Balkon, sie schauten nach – und fanden nur noch zwei Paar Pantoffeln dort stehen. Was den Flug der beiden aus dem zweiten Stock verursacht hatte, blieb unklar, die Folgen dagegen nicht: Remington hatte eine zerknautschte Zigarette im Mund und ein paar Flecken auf seinem Hemd, Iwan hatte sich den Hals verknackst und mußte ein paar Monate lang mit einem Gipskragen herumlaufen. Als er wieder gesund war, bereitete er sich auf einen wichtigen Termin in einem Filmstudio vor. Zu diesem Anlaß hatte sich Iwan besonders hübsch zurechtgemacht, seinen einzigen Anzug aus dem Schrank geholt und eine passende Krawatte von Remington geliehen. In diesem feierlichen Outfit verließ er die Wohnung und kam fünf Minuten später zurück, von Kopf bis Fuß mit Blut beschmiert. Am Eingang des Hauses, in dem Remington wohnte, gab es eine Glastür, das Glas war jedoch schon seit Jahren zerschlagen, die Hausbewohner hatten bereits viele böse Briefe an die Verwaltung geschrieben, jedoch ohne Ergebnis. Niemand gab sich mehr Mühe, diese Tür aufzumachen, alle gingen einfach durch die Tür durch. An dem Tag, als Iwan seinen wichtigen Termin hatte, bekam das Haus ohne Vorankündigung eine neue Tür von der Verwaltung – mit einer sauber geputzten Glasfüllung – durch die Iwan einfach durchmarschiert war. Die anderen Hausbewohner bekamen gar nicht mit, daß sie tatsächlich eine neue Tür bekommen hatten, wenn auch nur für eine sehr kurze Zeit. Sie schrieben ihre Beschwerden wie gewohnt weiter. In all diesen Geschichten spielte Iwan immer die Opferrolle, trotz seiner kräftigen Statur war er immer der Beleidigte und Erniedrigte. Auch beruflich kam er nicht voran, bis er sich eines Tages in eine Verwandte von Remington verliebte, eine zierliche kleine Frau mit zärtlichen Händen und grauen Augen. Sie reichte ihm kaum bis zum Nabel. Iwan legte sein Schicksal sofort in diese zärtlichen Hände, zog aus Andrejs Wohnung aus, wurde Vater, und machte erfolgreich Karriere. Maus bandelte unterdes mit einem Kater aus der Nachbarschaft an, der gelegentlich von seinem Balkon aus auf den Balkon von Remington sprang. Sie gebar zwei Babys. Andrej packte sie in einen Holzkasten mit Löchern und schickte sie mit einem Bekannten nach Leningrad. Das eine Baby war für mich bestimmt, das andere für einen Sänger namens Boris, den wir zusammen mit Andrej damals bei dem Rockfestival in Wiborg kennengelernt hatten.

Ein Jahr später und völlig unerwartet für alle, löste sich der Eiserne Vorhang auf. Andrej Remington, der sich nach wie vor in allen Gesprächen als geborener Engländer ausgab, ständig von seinen britischen Wurzeln, von der Schreibmaschine et cetera erzählte, wobei kaum jemand noch seinen Geschichten zuhörte, bekam gleich danach einen Haufen Geld und eine Einladung nach London – von irgendwelchen englischen Remingtons. Er nahm die bereits gepackten Koffer und fuhr sofort hin. Maus wurde in »liebevolle Hände« abgegeben. Sie hielt es aber in diesen liebevollen Händen ohne ihren Herrn nicht einmal eine Woche aus – und verübte Selbstmord.

Dem Bericht eines Freundes zufolge sprang sie aus einem Fenster im vierzehnten Stock.

Ich bekam von Remington zur Erinnerung an unsere Freundschaft ein Buch. Ein aus irgendeiner Bibliothek geklauter sechster Band der Gesamtausgabe von Heinrich Heine »Die Lieder der Liebe«. Auf dem Titelblatt stand statt einer Widmung »DAS MONDLICHT«.

Patrizia, die Tochter von Maus

Die beiden Katzen, die Andrej Remington nach Leningrad geschickt hatte, wurden dort von niemandem erwartet. Der Überbringer hatte sie vor der Tür des Sängers Boris in einem Karton abgesetzt, der Sänger war gerade auf einer Tournee. Doch Boris Wohnung war nie leer, dort lebten ständig irgendwelche weiblichen und männlichen Fans, Bekannte, Halb- und Viertelfreunde, die sich dort alle wie zu Hause fühlten. Als die Katzen aus Moskau ankamen, wohnte bei Boris ein Lebenskünstler, den alle Liverpooler nannten. Diesen Spitznamen bekam er für sein ausländisches Aussehen – er hatte lange graue Locken und trug runde Lennon-Gläser, außerdem hatte der Liverpooler angeblich tatsächlich mal ein Jahr in Liverpool verbracht, wo er seinen richtigen Namen vergaß. Der Liverpooler hatte den Zettel, der neben dem Katzenkarton lag, nicht gelesen, er hielt die beiden für eine ausgefallene Fanpost und beschloß, sie sogleich zu entsorgen, um seinem Freund Boris das schwere Leben nicht noch schwerer zu machen. Der Liverpooler rief mich an und fragte, ob ich nicht ein paar Katzen gebrauchen könnte. Ich nahm eine, ohne zu wissen, dass sie aus Moskau stammte, ohne zu wissen, daß sie die Tochter von Maus war, und ohne zu wissen, daß sie für mich bestimmt war. Ich war damals gerade mit der Ausstattung meiner ersten eigenen Zweizimmerwohnung beschäftigt, die ich nach jahrelanger Suche zur Untermiete bekommen hatte.

Nichts verändert das Leben so rasant wie ein fester Wohnsitz. Kaum ist man irgendwo seßhaft, schon häufen sich die Gegenstände und Lebewesen um einen herum. Ich bekam als erstes einen gebrauchten Kühlschrank geschenkt, und mein damaliger Freund Alex zog sofort bei mir ein, für ein wohlgeratenes Wohnkonzept fehlte nur noch eine Katze. Ich verabredete mich mit dem Liverpooler zur Katzenübergabe in der Metrostation »Akademischeskaja« – 600 Meter unter der Erde. Nach den ersten 200 Metern auf der Rolltreppe abwärts konnte man die Katze schon hören. Obwohl die Metrostation voller Menschen war, fanden wir den Liverpooler schnell, wir gingen dem Katzengeschrei nach. Das Kätzchen war sehr klein, aschgrau mit gelben Augen. Das erste, was ich dachte, war: Wie ähnlich sie der Maus sieht. Sie hätte ihre Tochter sein können. Wir nannten sie Patrizia, nach Patty Smith, die ich damals sehr verehrte. Als erstes fraß Patrizia alle Zeichenstifte meines Freundes auf, sie vernichtete mein Strickzeug, und kippte permanent ihren Teller um. Ich hatte zuvor noch nie ein so bösartiges Wesen erlebt. Jeder Tiger war kuscheliger als Patrizia. Sie griff die Menschen an und biß und kratzte alles, was sich bewegte. Für Alex war Patrizias anarchisches Verhalten eine Herausforderung. Er machte es sich zur Hausaufgabe, die Katze zu erziehen. Einmal sperrte er sie in der Toilette ein. Sie rächte sich dafür, indem sie sechs Rollen Toilettenpapier zerfetzte. Auch Patrizia versuchte, Alex zu erziehen. Sie fand seine Fotoutensilien – Fotopapier nebst Chemikalien – und vernichtete sie. Alex sperrte sie auf dem Balkon ein. Patrizia pinkelte in seine Schuhe. Alex schmiß ihre Fischkonserven weg, Patrizia klaute ihm seine Bulette direkt vom Teller. Der Krieg zwischen Mensch und Tier dauerte an. Nach zwei Monaten sah ich ein, so konnte es nicht weitergehen. Man muß dazu sagen, daß ich Patrizia sehr mochte und gut mit ihr auskam. Alex mochte ich aber auch. Er stellte mich jedoch vor die Wahl: entweder er oder die Katze. Ich war hin- und hergerissen. Die Situation spitzte sich jeden Tag aufs neue zu.

Andrej Remington kam aus Moskau zu Besuch. Ich holte ihn vom Bahnhof ab. Wir gingen spazieren. Andrej erzählte mir von den zwei Katzenbabys von Maus, die er nach Leningrad geschickt hatte und daß eine der kleinen Katzen für mich bestimmt war. Sofort wurde mir klar, wer Patrizia war. Ich erzählte Andrej von dem Krieg, der bei uns in der Wohnung herrschte. Andrej wollte mir nicht glauben. »Ich kenne Alex als einen sanften, gutmütigen Menschen, ein toleranter, streitfauler Mensch«, verteidigte er meinen Freund. »Dann schau dir das an«, lud ich ihn ein.

Alex war nicht zu Hause. Viele leere Flaschen in der Küche deuteten darauf hin, daß er auch Besuch gehabt, viel Alkohol mit mir unbekannten Freunden getrunken hatte und wahrscheinlich in die Stadt gefahren war, um etwas frische Luft zu tanken. Ich setzte Tee auf. Wo ist denn eure Katze? fragte Remington. Patrizia war nirgendwo zu sehen. Sie hat sich wahrscheinlich versteckt, dachte ich. Wir tranken Tee mit Cognac, Andrej erzählte mir Neuigkeiten von unseren gemeinsamen Bekannten in Moskau – von Iwan und seiner Cousine. Ab und zu kamen seltsame Geräusche aus dem Kühlschrank, die ich nicht weiter beachtete. Der Kühlschrank war alt, er schaltete sich mit lautem Knacks ein und wieder aus und benahm sich auch sonst ziemlich eigenwillig. Nach einer Weile kamen uns jedoch diese Geräusche verdächtig vor. Es war, als würde jemand gegen die Tür von innen schlagen. Ich machte den Kühlschrank auf und fand im Gefrierfach Patrizia. Trotz niedriger Temperatur sah sie quicklebendig aus. Wir waren erschüttert. Nach unseren Berechnungen hatte Patrizia mindestens drei Stunden im Kühlschrank verbracht. Als Alex nach Hause kam, machte ich ihm eine Szene.»Wie konntest du nur?«, fragte ich ihn vorwurfsvoll. Alex verteidigte sich, er behauptete, er wollte Patrizia nur für fünf Minuten in den Kühlschrank einsperren, um ihren Kriegseifer etwas abzukühlen, und hatte dann vergessen, sie wieder rauszunehmen. Auch Andrej war entsetzt. Mir wurde klar, daß es mit den beiden so nicht weitergehen konnte. Zähneknirschend entschied ich mich für Alex. Heute hätte ich mich anders entschieden, aber im nachhinein ist man immer klüger. Niemand wollte Patrizia haben, alle unsere Freunde hatten schon irgendwelche Kätzchen. Ich bildete mir ein, weit weg von der Großstadt, irgendwo auf dem Land, würde es Patrizia besser gehen. Nur wir kannten niemanden da draußen.

Unser alter Freund Michael Limonidi, ein Leningrader Dichter, half uns, ein neues Zuhause für Patrizia zu finden. Limonidi hatte einen jüngeren Bruder, Anton Limonidi, der das absolute Gegenteil von ihm war. Während der ältere Bruder sich ausschließlich mit hohen Idealen beschäftigte, interessierte sich sein Bruder, der damals in die siebte Klasse ging, nur für Waffen. Anton gehörte einer Clique an, die jedes Wochenende die Umgebung von Leningrad nach alten Waffen aus dem Zweiten Weltkrieg absuchte. Leningrad war 1942 von den Deutschen eingekesselt worden, in der Nähe von Pskow und Nowgorod hatten große Schlachten stattgefunden, es lag also noch mehr als genug altes Eisen in der Umgebung der Stadt herum. Die Waffen lagerten die Jungs in großen Mengen bei Limonidi in der Wohnung, zuerst im Keller, dann unter Antons Bett, im Schrank und bald einfach überall in der Wohnung. Sie sah aus wie ein Waffenmuseum. Einmal hatten die Jungs ein Stück von einem Torpedo am Ladogasee gefunden. Es war 100 Kilo schwer und sah gewaltig aus. Trotzdem hatten diese Waffennarren ihren Fund in den Rayon Tschornaja Retschka geschleppt, da, wo Puschkin einst im Duell erschossen wurde, und ihn bei Limonidi auf dem Balkon abgestellt. Dabei machten sie jedoch die Polizei auf sich aufmerksam: Die Polizisten brauchten einen LKW und eine ganze Brigade, um alle Waffen aus der Wohnung abzutransportieren. Für Anton sah es danach nicht gut aus, er entkam nur knapp dem Jugendknast. Seine Mutter beschloß, ihren jüngsten Sohn aufs Land zu schicken – zu einem entfernten Verwandten, einem orthodoxen Priester, der mit seinen sechs Kindern in einem kleinen Dorf lebte. Dort sollte der junge Limonidi zu einem anständigen Mitglied der Gesellschaft umerzogen werden. Sein älterer Bruder gab ihm unsere Katze mit auf den Weg, er sollte sie auch bei dem guten Priester unterbringen. Anton schrieb uns lange Briefe, manchmal rief er uns auch an. Er erzählte, Patrizia sei auf dem Land dick, ruhig und orthodox geworden. Sie war von den Priesterkindern umgetauft worden und hieß nun Maria. Nur manchmal würde sie noch in Großstadtstimmung kommen, dann jage sie die ganze Familie durchs Haus.

Murotschka

Im Sommer 1984 lief der Untermietsvertrag für unsere Wohnung aus. Alle zwei Monate zogen wir nun um, manchmal mieteten wird nur für zwei Wochen eine Wohnung. Wenn wir kein Geld hatten, übernachteten Alex und ich bei Freunden oder sogar bei kaum bekannten Leuten, die uns ein Bett zu Verfügung stellten. Mir wurde klar, daß es so nicht weitergehen konnte. Das Wohnproblem in Leningrad zerfraß unser Leben, weder ich noch Alex hatten eine polizeiliche Anmeldung für diese Stadt und folglich keine Bleibe und keinen Job. Früher oder später mußten wir Leningrad verlassen. Drei Varianten standen zur Auswahl – die

Insel Sachalin im Pazifischen Ozean, wo meine Eltern noch immer lebten und arbeiteten, die kaukasische Stadt Grosnij – Hauptstadt der tschetschenischen autonomen Republik, dort hatte meine Großmutter ein großes Haus, und mein Onkel leitete in Grosnij eine Baustelle. Die dritte Variante hieß Lettland. Denn mein Freund Alex stammte von dort – aus einer Stadt mit dem wunderbar ausländisch klingenden Namen Daugawpils. Ohne lange zu überlegen, entschieden wir uns für Lettland, ausschlaggebend war die Nähe zu Europa, und die Nähe zu Leningrad – eine Nachtfahrt mit dem Zug. Aus Sachalin oder Grosnij wären wir nicht so leicht wieder weggekommen. Ich stellte mir Daugawpils als Vorposten der europäischen Zivilisation auf unserem asiatischen Boden vor: kleine Cafés und Restaurants, höfliche Menschen und sauber gefegte Straßen. Mein Freund, der viele Jahre dort verbracht hatte, wußte es besser, wollte mich aber nicht vorzeitig enttäuschen.

Daugawpils war eine große Enttäuschung, alles andere als europäisch. Im Grunde war es ein großes Chemiekombinat mit 150 000 Bewohnern, an der Grenze zwischen Lettland, Weißrußland, Polen und Rußland. Die Letten bildeten in der Stadt eine deutliche Minderheit. Die einzige Sehenswürdigkeit von Daugawpils war der Fluß Daugawa – breit und schmutzig. Am Ufer stand ein

Denkmal – ein riesengroßer gestiefelter Arbeiter, der einen Lappen in der Hand hielt. Er schaute etwas bockig über die Stadt in den Himmel. Im Volksmund hieß dieses Denkmal »Genossen, wer hat seinen Schal verloren«.

Auf dem Leninplatz stand die zweite und letzte Plastik von Daugawpils – ein Lenin natürlich, aber einer der besonderen Sorte. Dieser lettische Lenin war dermaßen warm angezogen, als hätte er vor, den Nordpol zu erobern. Er hatte sogar eine Pelzmütze auf und trug dicke Fäustlinge. So einen Lenin hatte ich zuvor noch nie gesehen. Sogar im nördlichen Sachalin stand er in leichtem Herbstmantel auf dem Sockel. Die Plastik hätte uns damals eine Warnung sein können, »Das Leben hier ist kein Zuckerschlecken, zieht euch warm an!«, wollte uns das nicht der Bildhauer damit vermitteln? Aber wir haben seine Botschaft nicht wahrgenommen und nur die ganze Zeit gelächelt. In Daugawpils machten sich die Bewohner einen Spaß daraus, ihrem Winter-Lenin nachts Skier unter die Arme zu stellen. Dieser typische lettische Humor entfaltete sich jedesmal vor den Augen des KGB, dessen Büros sich direkt vor dem Denkmal befanden, und wahrscheinlich hatten die Agenten nichts anderes zu tun, als die ganze Zeit das Denkmal zu beobachten und die Stimmung der Bevölkerung einzuschätzen. Sonst war in Daugawpils nichts los.

Wir kamen in dieser Stadt wie zwei Fremdkörper an. Die Einheimischen regten sich schon auf, wenn sie uns nur auf der Straße sahen. Wegen unserer Tropfenbrillen, unseren zerrissenen Jeans und den langen Haaren, die nicht nach der dortigen Mode zu einer komplizierten Hochfrisur zusammengekämmt worden waren, sondern frei im Wind flatterten. Unsere Zigarettchen, meine Plateauschuhe – sie zeigten mit dem Finger auf uns, schimpften laut oder gaben uns auf der Stelle Ratschläge zur Verbesserung unseres Aussehens. Daugawpils war ein verfluchter Ort. Alle Frauen trugen Kopftücher und lange Röcke, die Männer Wattejacken und Portweinflaschen in den Hosentaschen.

Im Café »Parsla« – »Scheeflöckchen« auf deutsch – versammelte sich die einheimische Intelligenzia. Sie trank Kaffee, aß Eis und tauschte philosophische Literatur aus. Außerdem besprach sie ihre Erdbeer- und Gurkenernte. Wie viele Konfitüregläser und Gurkendosen hat die Intelligenzia für den kommenden Winter eingemacht, das war das Hauptthema in jenem Sommer.

Dann wenn es kalt wurde, saß sie in ihren Küchen, aßen Gurken und Konfitüre und lasen Kant, Hegel und Laotse.

Das einzige Verkehrsmittel in Daugawpils war eine klapprige Straßenbahn, die deutlich zu alt war, um noch zu fahren. Diese Straßenbahn hatte aber auch keine Bedeutung, die ganze Stadt konnte man in zwei Stunden ohne Anstrengung von einem Ende zum anderen zu Fuß durchqueren.

Die Mutter von Alex übergab uns ihre Wohnung, sie selbst zog bei ihrer alten Mutter ein. Ihre Einzimmerwohnung lag am Rande der Stadt, in einem Bezirk namens »Chemiekombinat«, den alle nur »Chemie« nannten. Die Menschen, die hier lebten, nannte man dementsprechend »Chemiker«.

Mein Freund fand einen Job als Wächter bei einer Autoreparaturwerkstatt. Seine Aufgabe war es, ein Dutzend kaputte Traktoren zu überwachen, die dort auf dem Hof vor sich hin rosteten und höchstens noch mit einem Sprengsatz in Bewegung gebracht werden konnten. Alex hatte jedoch in dieser Stadt den Ruf eines radikalen politischen Dissidenten und deswegen Schwierigkeiten, sogar diesen Job zu bekommen.

Ich konnte nicht einmal eine solche Arbeit finden, weil meine Papiere irgendwo unterwegs von Sachalin nach Daugawpils auf der Strecke geblieben waren. Ich hatte trotzdem genug zu tun, denn außer einer Wohnung bekamen wir von Alex Mutter auch noch einen Hund. Es war nicht irgendein Hund, sondern der Lieblingshund meines Freundes, von dem er mir jedoch kaum etwas erzählt hatte. Alex liebte ihn und streichelte ihn gerne. Alles andere mußte ich erledigen – mit dem Hund zweimal am Tag spazierengehen, ihn füttern, waschen und unterhalten. Er war ein roter Spitz namens Piff, der einem Fuchs ähnlich sah. Piff war außerordentlich intelligent und freundlich, aber sehr von der Mutter verwöhnt. An den Wochenenden gingen wir ins Café »Parsla«, um uns mit der Intelligenzia zu unterhalten. Untereinander schimpfte sie oft und gerne über Daugawpils, uns gegenüber zeigte sie sich aber als große Patrioten. »Unsere Stadt ist im XIII. Jahrhundert erbaut worden! Dreimal älter als Leningrad!«, behauptete sie. »Davon ist hier aber nichts zu sehen«, konterte ich, »es gibt hier doch nichts Sehenswürdiges, keine alten Häuser, keine Schlösser...« »Stimmt nicht«, regte sich die einheimische Intelligenzia auf, »wir haben hier einen Park und ein Schloß! gar nicht weit von der Stadtgrenze entfernt.«

Ein Park und ein Schloß, das hörte sich gut an. Am nächsten Wochenende beschlossen wir gemeinsam mit der Intelligenzia einen Ausflug nach dorthin zu unternehmen. Ich zog mich festlich an, um in dem Schloß eine gute Figur machen zu können. Wir nahmen Piff mit und gingen los. Die einheimische Intelligenzia erzählte uns unterwegs von den Wundern, die auf uns warteten. »Park und Schloß! Schloß und Park!« Wir gingen durch die

Stadt, dann durch einen Wald, der Weg wurde immer enger, bis er ganz verschwand. Piff blieb stets in irgendwelchen Büschen stecken, wir mußten ihn manchmal zu dritt da wieder rausziehen. Der Hund schien von uns allen der einzige zu sein, der nicht seine Freude an diesem Ausflug verlor. Der Wald endete an einem frisch gepflügten Feld. »Wo sind denn nun der Park und das Schloß?« fragte ich. Nicht mehr weit, versicherte mir die Intelligenzia. Wir gingen weiter – quer über das Feld, nach einigen Minuten kam ein älterer Mann aus den Büschen – mit einem Gewehr, er zielte auf uns und empfahl uns, so schnell wie möglich vom Feld zu verschwinden. Wir gingen um das Feld herum. Aus dem Dorf kamen zwei Tahiti-Schweine – klein und schwarz, wie auf den Bildern von Gauguin. Piff bellte sie an, konnte aber damit bei den Schweinen keinen Eindruck schinden. Fröhlich grunzend liefen sie weiter hinter uns her. Nach einer Stunde sahen alle Mitglieder unserer Wandergruppe gleich mürbe aus, man konnte auch den Hund nicht mehr von den Schweinen unterscheiden. Nach weiteren zwei Stunden kamen wir an einen Fluß. Wo sind denn nun endlich das Schloß und der Park? fing ich wieder an, obwohl meine Frage angesichts des langen Weges ziemlich überflüssig klang. Alle wollten nur noch nach Hause. Am Ufer des Flusses befanden sich mehrere große Erdlöcher. Darin saßen schmutzige Studenten, die eine archäologische Ausgrabung vornahmen. Sie erzählten uns, daß früher viele Ostseebarone in dieser Gegend angeschwemmt worden waren, sie hätten ihre Knochen und andere Gegenstände in dem sandigen Boden hinterlassen. Als Beweis zeigten sie uns ein paar Scherben, die sie gerade eben ausgegraben hatten. Wir wünschten den angehenden Archäologen viel Erfolg und kehrten um. Schloß? Park? Hänselte ich unsere einheimischen Freunde weiter. Sie schwiegen. Die zwei Tahiti-Schweine begleiteten uns fast bis zur Haustür in Daugawpils, Piff hatte sich inzwischen die Schweinesprache zu eigen gemacht und grunzte wie ein Ferkel.

Nach diesem mißratenen Ausflug blieben wir an den Wochenenden meistens zu Haus. Nur Piff erlaubte sich ab und zu längere Spaziergänge durch unbekannte lettische Landschaften. Neben unserem Haus befand sich ein Teich mit einer verwilderten Hanfplantage. Zweimal am Tag ging ich mit Piff um den Teich herum spazieren. In der Regel benahm er sich anständig, nur manchmal, wenn ihm ganz langweilig wurde, machte er eine geschickte Kopfbewegung, befreite sich von dem Halsband und lief in die Büsche. Es war sinnlos, ihn zu verfolgen. Nach ein paar Stunden kam er von alleine nach Hause und kratzte an der Tür.

Eines Tages machte ich die Tür auf – draußen saß Piff, aber er war nicht allein. Neben ihm saß eine wunderschöne dreifarbige Katze. Sie machte einen sehr kuscheligen Eindruck, flaumig, aber graziös, mit einem langen Hals, einem weißem Bauch und einem roten Schwanz. Beide gingen rein, die Katze aß und trank aus Piffs Teller, ließ sich von Piff durch die Wohnung führen, sprang auf den Küchenschrank, spazierte graziös zwischen allen Vasen und Töpfen, ohne sie zu berühren, und verschwand schließlich unter dem Sofa. Jedesmal, wenn Piff versuchte, die Katze da unten zu besuchen, bekam er von seiner neuen Freundin eins auf die Schnauze. Wir beschlossen, den Gast erst einmal in Ruhe zu lassen. Am nächsten Tag schob ich das Sofa zur Seite, um nachzukucken, ob alles in Ordnung war. Unter dem Sofa saßen vier Katzen. Die uns nun schon bekannte Katze, die zufrieden schnurrte, und drei Babys, die sie in der Nacht bekommen hatte. Sie hingen an ihrer Brust – ein schwarzes, ein weißes und ein rotes. Piff lief aufgeregt und stolz um das Sofa herum, als ob er der Vater wäre. Die Katze sah sehr gepflegt aus, man konnte sich nicht vorstellen, daß sie auf der Straße lebte. Ich fragte die Nachbarn und bekam heraus, daß diese Katze Murotschka hieß und einer älteren Dame gehörte, die für mehrere Wochen in den Urlaub gefahren war, zuvor hatte sie die Nachbarn beauftragt, auf Murotschka aufzupassen. Bis die eigentliche Besitzerin zurückkam, blieb Murotschka bei uns, auch später besuchte sie uns immer wieder gern. Ich überlegte schon, eines der Babys bei uns aufzunehmen. Doch dann passierte etwas, was mich von dieser Idee wieder abbrachte. Meine Papiere waren endlich aus Sachalin angekommen, ich wurde von der Stadtverwaltung aufgefordert, sofort eine Arbeitsstelle anzunehmen und mich bei der Polizei zu registrieren. Das bedeutete, Daugawpils für immer oder zumindest für eine sehr, sehr lange Zeit. Mit diesen Papieren in der Hand, auf dem Weg zur Polizeimeldestelle an dem Winter-Lenin vorbei, wurde mir plötzlich klar, daß ich niemals und unter keinen Umständen dort leben konnte und wollte. Wenn schon Rußland, dann nur Leningrad, dachte ich. Und ich war entschlossen, dafür zu kämpfen. Der Zauberschlüssel zur Lösung unseres Problems hieß: überregionaler Wohnungstausch. Das ganze Café »Parsla« lachte mir ins Gesicht, als ich dort von meinem Plan erzählte. Sogar die hartgesottensten einheimischen Patrioten konnten sich nicht vorstellen, daß jemand freiwillig Leningrad gegen ihr Heimatstädtchen tauschen würde. Ich hatte also schlechte Karten: eine Einzimmerwohnung am Rande von Daugawpils, neben einem Chemiekombinat, das täglich giftige Stoffe in den Himmel ausspuckte, im letzten Stock eines Plattenbaus ohne Fahrstuhl und ohne Balkon. Der einzige Trumpf war der Blick auf einen Wald und der kleine versumpfte Teich neben dem Haus, den man mit etwas Phantasie als einen kleinen See präsentieren konnte. In der Abendzeitung »Der Chemiker« plazierte ich eine knappe Annonce: »Tausche Einzimmerwohnung mit Waldblick und See in Daugawpils gegen eine Ecke oder ein Zimmer in Leningrad«. Auch Alex glaubte nicht an den Erfolg dieses Unternehmens. Im Laufe der ersten Woche bekam ich jedoch DREI ANGEBOTE! Alle drei waren im Zentrum, alle drei hörten sich gut an, und noch in derselben Nacht fuhr ich in euphorischer Stimmung nach Leningrad, um mir alle drei Orte anzuschauen. Die Patrioten prophezeiten mir ein Desaster, statt Zimmern würden es höchstens Hundehäuschen sein, vermuteten sie.

Die ersten zwei Zimmer bestanden aus kleinen Ecken in großen Kommunalwohnungen, in denen bis zu dreißig Personen unterschiedlichen Alters und Geschlechts lebten. Die dritte war überhaupt keine Wohnung, es war eine Ruine im Erdgeschoß, aber sie hatte einige gute Seiten – ein eigener Eingang vom Hinterhof aus und keine Nachbarn. Alle anderen Zimmern in diesem Loch waren in einem dermaßen schlechten Zustand, daß sie vom Staat als unbewohnbar eingestuft worden waren.

Das uns angebotene Zimmer hatte die Wohnungsverwaltung jedoch als bewohnbar gelassen, trotz vieler großer Einschußlöcher in den Wänden und an der Decke, die anscheinend von großkalibrigen Waffen des Zweiten Weltkriegs stammten. Ich fuhr gutgelaunt zurück nach Lettland. Ein Wohnungstausch in der Sowjetunion war ein komplizierter bürokratischer Vorgang. Man mußte alle denkbaren und undenkbaren Bescheide, Anmeldungen und Formulare sammeln, bei vielen dauerte es Jahre, in unserem Fall hätte es locker Jahrzehnte dauern können, weil jedes zweite Formular fehlte. Unser Kontrahent war eine Frau aus einer altorthodoxen Familie mit dem seltenen Namen Evpraksea. Ihrer Schwiegermutter gehörte das angeschossene Zimmer in Leningrad, das ich haben wollte. Die Schwiegermutter selbst wohnte schon lange in Daugawpils, sie wollte dort auch sterben, aber am liebsten in einer eigenen Wohnung. Die Altorthodoxen hatten schneller als wir all ihre Papiere zusammen und warteten nur noch auf uns. Wir hatten aber mit einem Problem zu kämpfen, das ich nicht vorausgesehen hatte. Um den Wohnungstausch erfolgreich zu vollziehen, brauchten wir unter anderem eine Bescheinigung von einem Tbc-Arzt sowie von einem Psychiater. Mein Freund Alex hatte sich vor Jahren als psychisch krank registrieren lassen, um der sowjetischen Armee zu entkommen. Nun fiel er einem Gesetz zum Opfer, in dem schwarz auf weiß stand, daß Psychos und Tbc-Kranke zwar nicht zur Armee mußten, dafür aber auch in keine Kommunalwohnung mit vielen Nachbarn einziehen durften. »Wenn er bereits in der Wohnung psychisch krank geworden wäre, dann gäbe es keine Probleme«, erklärte uns der Rechtsanwalt. Unser Versuch, den Psychiater mit Schokolade zu bestechen, scheiterte. Alle unsere Freunde, Verwandte und Bekannte empfahlen uns, die Sache mit dem Tausch einfach zu vergessen: Aus dieser medizinischen Sackgasse führe kein Weg hinaus. Ich gab trotzdem nicht auf. Mir blieb nur eins, diese medizinische Bescheinigung zu fälschen. Die Bescheinigung selbst war nur ein Blatt Papier, es kostete keine Mühe, sie neu zu schreiben, aber der Stempel war ein Problem. Auf diesem runden kleinen Stempel war in unglaublich kleinen Buchstaben auf vier Quadratzentimetern Fläche jede Menge Text eingraviert. Dort stand: »Staatliches städtisches psychiatrisches Krankenhaus Nummer eins der Stadt Daugawpils der lettischen sowjetischen Republik«. Noch heute sehe ich diesen Stempel oft im Schlaf vor mir. Wir versuchten es zuerst nach dem alten Omarezept mit einem gekochten Ei und einem Radiergummi, begriffen aber schnell, daß man in diesem speziellen Fall modernere Verfahrensweisen brauchte. Ich schrieb an alle mir bekannten Künstler, Graveure, Graphiker und Juweliere in Leningrad und Moskau, ich bat sie um Hilfe, sie winkten ab. Die Zeit verging, die Pessimisten rieben sich die Hände. »Vergiß es, laß los«, hörte ich von allen Seiten. Als ich schon selbst in Verzweiflung geraten war, traf ich jedoch meinen alten Freund, den Dichter Limonidi. Er hatte inzwischen eine Moskauer Schönheit geheiratet, eine zwei Meter große Architektur-Studentin. Die Schwester seiner Frau, das Mädchen Marina, das auch eine zwei Meter große Moskauer Schönheit war und ebenfalls Architektur studierte, lachte nur, als ich ihr von meinem Bescheinigungsproblem erzählte. Noch am gleichen Abend fertigte sie mir zwischen Bier und Wein mal eben etwa fünfzig gestempelte Bescheinigungen an, mit denen ich dann weiter üben konnte. Marina hatte keine kriminelle Vergangenheit, sie war einfach ein Naturtalent, eins von vielen leuchtenden Sternen am trüben Himmel unseres sozialistischen Alltags.

An einem verabredeten Tag saßen wir und unsere Kontrahentin Evpraksia festlich gekleidet im Warteraum des überregionalen Wohnungstauschamtes und warteten, bis wir aufgerufen wurden. Alle Räume und Gänge waren voll. Es schien, als ob die gesamte Sowjetunion an einem Tag umziehen wollte. Jede Minute ging die Tür auf, alle zuckten zusammen. Eine Beamtin schrie laut in den Korridor: »Kostroma-Aktubinsk! Norilsk-Alma-Ata-Magadan-Lwow! Wolgograd-Jaroslawl-Soschi!« Nach drei Stunden hörten wir endlich: »Daugawpils-Leningrad.«

Die Katze war im Sack! Gleich am nächsten Abend packten wir unsere Sachen zusammen, verabschiedeten uns von den Patrioten und Pessimisten im Café »Parsla«, nahmen Piff untern Arm und bestiegen den Bus nach Leningrad, der Hund kotzte die ganze Nacht – bis wir um sechs Uhr früh in der Heldenstadt ankamen.

In unserer neuen, zerschossenen Wohnung lebten Ratten unter dem Holzfußboden, es gab kein warmes Wasser, etliche Fensterscheiben fehlten, dafür waren wir aber wieder in der Zivilisation angelangt. Ich betrachtete meinen Paß mit Stolz – die lang ersehnte Zeile: »Unbefristete Aufenthaltserlaubnis in der Stadt Leningrad, Lisa-Chaikina-Straße 21«. Wie wenig braucht ein Mensch manchmal, um glücklich zu sein!

Wie genau das Mädchen Marina mir diesen Stempel damals fälschte, wage ich hier nicht zu erzählen. Wen es interessiert, der kann sich aber an mich wenden.

Andenken an Juka

Schnell verbreitete sich die Nachricht, daß Alex und ich aus Daugawpils zurückgekehrt waren. Innerhalb kürzester Zeit stellten wir unsere alten sozialen Kontakte in Leningrad wieder her. Mehr noch, unsere sozialen Kontakte wuchsen aufgrund der neuen geräumigen Wohnung in geometrischer Progression. Jeder, der uns besuchte, brachte immer ein paar von seinen Bekannten mit, die wiederum beim nächsten Mal ihre Freunde zu uns mitnahmen. Und so verwandelte sich unsere Kellerwohnung in einen Treffpunkt der fortschrittlichen Jugend. Heute gibt es in St. Petersburg Hunderte von Clubs, Cafés und Restaurants, wo man gut die Zeit totschlagen kann, gleichzeitig machen die jungen Leute schon sehr früh Karriere und sind immer im Streß. Wir hatten damals keine Clubs, dafür aber viel Zeit, eine Wohnung und keinen Bock auf Karriere. Wir führten ein »offenes Haus« – allabendlich versammelte sich bei uns eine gemischte Gesellschaft, jeder brachte nach Möglichkeit etwas Tee, Wein oder Brot mit. Mehrmals hörten wir von verschiedenen Leuten, dass es in der Nähe von uns ein noch »offeneres Haus« gäbe – mit einer noch gemischteren Gesellschaft. Eines Tages lernten wir diese Leute in unserer Nachbarschaft kennen: Es war eine Familie, die aus drei Generationen bestand.

Die älteste, Mama Nika, arbeitete als Kunstwissenschaftlerin in der Ermitage. Sie stammte aus einer reichen Petersburger Familie, ihr Großvater besaß unter dem Zaren eine berühmte Brauerei – die »Bavaria«. Nach der Revolution hatten die Bolschewiken bei der Enteignung geschlampt, sie hatten nicht alles mitgenommen, auch während der Blockade im Zweiten Weltkrieg waren nicht alle Möbel verheizt worden. Die Reste des früheren Reichtums dienten nun – in den Achtzigern – als Lebensgrundlage für die Familie. Damals blühte in Leningrad gerade der Antiquitätenhandel auf, Mama Nika kündigte im Museum und machte sich quasi selbständig – mal verkaufte sie ein altes

Bild, mal Reste vom Familienschmuck oder ein kleines altes Nachttischchen, davon konnte die Familie jedesmal ein halbes Jahr lang sorglos leben.

Mama Nika hatte zwei Kinder – ihre Tochter Juka, die zusammen mit ihrem Mann Sascha und den zwei Töchtern Ksenja und Nastja in der Wohnung lebte, und ihren Sohn Wasja, der noch zur Schule ging. Jedes Mitglied der Familie hatte seinen eigenen Bekanntenkreis, manchmal saßen abends in der Küche bis zu vierzig Menschen unterschiedlichen Alters an einem gigantischen Zarentisch. Mama Nika führte ein sehr offenes Haus. Sie lud ständig Dichter, Historiker und Diplomaten ein. Sascha, der Ehemann ihrer Tochter, studierte Malerei an der Leningrader Kunstakademie und umgab sich mit den Leuten seines Berufs. Der Schüler Wasja spielte Gitarre und interessierte sich für junge Mädchen. Außerdem wurden in diesem Haushalt laufend »Menschen in Not« von der Straße aufgesammelt. Deswegen konnte man bei Mama Nika an einem Abend Künstler, Musiker, Philosophen, Spekulanten, Obdachlose, einheimische Alkoholiker und ausländische Diplomaten kennenlernen.

Alle Mitglieder dieser Familie pflegten einen freizügigen Lebensstil. Außer Sascha, der ab und zu in seiner Kunstakademie vorbeischauen mußte, und den Kindern, die noch zur Schule gingen, hatten die Erwachsenen keine gesellschaftlichen Verpflichtungen. Sie gingen erst in der Morgendämmerung ins Bett und standen abends auf, um die ersten Gäste zu empfangen. Die Gäste brachten Getränke und etwas zu essen mit.

Außer diesen Menschen lebten in dem gastfreundlichen Haus auch noch viele Haustiere, die meisten von ihnen waren Katzen. Man stieß auf sie überall.

Die Katzen lagen auf den Fensterbrettern, sprangen aus den Kleiderhaufen im Korridor heraus und hatten ansonsten wie die Menschen die Küche zu ihrem Lieblingsaufenthaltsort erkoren. In allen Töpfen und Pfannen steckten Katzen. Es herrschten unterschiedliche Meinungen darüber, wie viele Katzen eigentlich zur Familie gehörten. Mama Nika behauptete, es wären zwölf. Die Tiere machten den Menschen alles nach, sie pflegten auch einen freien Lebensstil – von allen gesellschaftlichen Pflichten befreit. Sie kamen und gingen, wann es ihnen paßte, mal verschwanden sie für mehrere Monate, dann tauchten sie wieder auf mit Kindern und Freunden. Trotzdem meinte Mutter Nika, ihre zwölf Katzen bestens zu kennen, sie wußte, in welchem Topf welche Katze am liebsten saß, und hatte für alle Haustiere einen Namen parat. Ihre Katzen hießen Sjawa, Pesja,

Lorik, Nüsja, Chupa, Musja, Basja, Tugrik, Fotja, Kasja, Motja und Caesar.

Ich habe nur vier von ihnen persönlich kennengelernt, es waren alles Sonderlinge. Lorik, ein großer grauer Kater mit gelben Augen und flaumigem Schwanz, verbrachte die meiste Zeit seines Lebens in einer großen Bratpfanne. Mit Streicheln und Zerren konnte man ihn da nicht raustreiben. Wenn man diese Bratpfanne brauchte, gab es nur eine Möglichkeit, Lorik zu entfernen: Man stellte die Bratpfanne aufs Feuer. Aber auch dann zögerte Lorik noch lange, die Pfanne zu verlassen. Die Katze Nusja war in Jukas Mann, den Maler Sascha, verliebt. Jedesmal, wenn sich die beiden stritten, sprang sie Juka auf die Brust und steckte ihr die Pfoten in den Mund, um sie daran zu hindern, laut zu werden. Die milchweiße Fotja wurde der Familie von einem französischen Konsul geschenkt, als dieser zurück nach Frankreich gehen mußte, wegen einer Affäre mit seiner russischen Sekretärin. Seine Katze benahm sich bei Mama Nika ähnlich. Gleich in der ersten Woche wurde sie schwanger und brachte dann vier Babys zur Welt, um die sie sich aber gar nicht kümmerte, sie schrie immer nur rum und wollte weiter vögeln. Typisch französisch! meinten alle. Der Kater Caesar war ein hochbegabter Runterspringer. Regelmäßig fiel er aus dem Fenster im dritten Stock. Am

Anfang liefen alle noch runter, um den Kater zu retten, wir nahmen Caesars Sprünge ernst und dachten, er könnte sich verletzen. Über die Ursache seines Verhaltens wurde ausgiebig diskutiert. Die einen stellten die These auf, Caesar sei suizidgefährdet, die anderen meinten, daß er unter Identitätsproblemen leide und vielleicht denke, er sei ein Vogel. Nach seinem fünften Fenstersprung hatten sich die Gemüter aber beruhigt. Caesar war nicht krank und sich durchaus seines Katzeseins bewußt. Er war einfach ein leidenschaftlicher Springer. Am liebsten sprang Caesar jemandem auf den Kopf, sehr gerne älteren Leuten, wenn sie ihre Haustiere unter den Fenstern ausführten, weil sie sich langsam bewegten, oft stehenblieben und so ein gutes Ziel darstellten. Einmal landete er auf den Kopf einer alten Dame, die gerade mit zwei kleinen Hündchen auf dem Arm vorbeiging. Wir hörten Schreie und schauten aus dem Fenster: Die Frau war sehr aufgeregt, ihre Hochfrisur war ruiniert und ihre zwei Möpse japsten heiser nach Luft.

Sie sah uns und drohte mit der Faust nach oben: »Hört auf, mit Katzen rumzuschmeißen!« schrie sie. Der verrückte Caesar saß fünf Minuten nach dem Sprung schon wieder in seiner Ausgangsposition auf dem Fensterbrett.

Außer Katzen lebten in der Wohnung noch ein Hund mit drei Beinen, den jemand für zwei Tagen dort gelassen und vergessen hatte, abzuholen, sowie ein großer Igel einer seltenen Unterart, der aus dem Zoo geflohen war. Der Leningrader Zoo befand sich ganz in der Nähe, quasi um die Ecke. Man konnte nachts Elefantenschreie in der Küche hören. Wir wußten, daß in diesem Zoo die Tiere unglücklich waren, und hatten Mitleid mit ihnen. Wir gingen deswegen nur selten dorthin. Allein schon die arme Pythonschlange, die ihren fünf Meter langen Körper in einer kleinen rosa Plastikschüssel einrollen mußte, konnte man ohne Tränen nicht anschauen. Der große seltene Igel hatte irgendwann ein Schlupfloch im Zaun gefunden und es im Mondlicht auf dem Gorkiprospekt bis zur Nummer sechs geschafft, direkt vor die Füße von Juka und Sascha. Sie hatten ihn sorgfältig in einen Schal gewickelt und ihn in die Wohnung gebracht. Der Igel war chronisch erkältet. Auf jeden Fall nieste und schnupfte er ununterbrochen, trampelte nachts durch alle Zimmer und brachte die Katzen jedesmal wieder in eine Fragezeichen-Position.

Menschen und Tiere, alle fanden in diesem gastfreundlichen Haus einen Platz, ohne einander auf den Geist zu gehen.

Alte Gäste zogen aus, neue Gäste zogen ein, nichts konnte die Bewohner aus der Ruhe bringen. Jukas kleine Töchter gingen schon in die fünfte

Klasse, ihr Mann Sascha hatte sich eine Töpferei aufgebaut und war dem Kunsttöpfern verfallen, der Schüler Wasja beendete die Schule und schlug sich mit seiner Pubertät herum. Mama Nika saß unverändert gerade wie eine Zarin am Tisch – mit der unvermeidlichen Zigarette in der Hand und einem Weinglas vor sich, sie wurde kein bißchen älter, als wäre die Zeit für sie stehengeblieben. Es kursierten jedoch Gerüchte im Haus, sie sei schwer krank, wolle aber nicht zum Arzt gehen. Ihre Tochter hatte sich vor lauter Langeweile in einen Schulkameraden ihres Bruders verliebt, zuerst heimlich. Sie saßen beide in verschiedenen Zimmern, nur durch eine dünne Wand getrennt, und schrieben einander Briefe. Kurze Zeit später verliebte sich auch der Bruder Wasja unsterblich – in eine vierzigjährige Bildhauerin mit Aztekengesicht, die jemand vor drei Monaten in der Küche gelassen hatte, wo sie seitdem wohnte. Diese Liebesgeschichten wurden bald im ganzen Haus bekannt. Alle besprachen aufgeregt die Einzelheiten, außer Sascha, Jukas Mann, der die Nachricht über die neue Liebe seiner Frau gelassen hinnahm, er interessierte sich gerade mehr für Tontöpfe. Als Mama Nika erfuhr, daß ihr achtzehnjähriger Sohn sich mit der vierzigjährigen Bildhauerin, die in der Küche saß, vermählen und ihre schon verheiratete Tochter umgekehrt einen Schüler ehelichen wollte, legte sie sich ins Bett – und starb drei Tage später.

Ihre Kinder fingen an, das Erbe aufzuteilen, daraus entwickelte sich ein regelrechter Krieg in der einst so friedlichen Wohnung. Die Kriegsparteien suchten bei den Gästen Unterstützung, sie wollten von jedem Besucher wissen, auf wessen Seite er stehe, deswegen kamen immer seltener welche und irgendwann niemand mehr. Der Krieg dauerte an. Nach zwei Jahren ging die Bildhauerin mit dem Aztekengesicht aus dieser Schlacht als Siegerin hervor, sie war von Wasja geschwängert worden und hatte Zwillinge bekommen. Juka und ihr Schüler zogen aufs Land – in ein Dorf nahe Leningrad, wo sie sich ein altes Haus kauften. Der Töpfer Sascha fand schnell eine neue Freundin und zog bei ihr ein. Auch der Vater der Zwillinge, Wasja, verließ seine Familie, um nach anderen Freundinnen an anderen Orten zu suchen. In der Wohnung wurde es still und leer, sogar die Katzen liefen eine nach der anderen weg, als letzte verschwand Lorik – aus der Bratpfanne – auf Nimmerwiedersehen, die Bildhauerin mit dem Aztekengesicht mochte keine Katzen.

Brian Eno

Eines Nachts im Herbst schmiß unser Freund, der Straßenfeger Antip, eine große Party in seiner Dienstwohnung auf dem Newskijprospekt.

Er stellte den geladenen Gästen seine neue Freundin vor, mit der er zusammenziehen wollte – eine intelligente Dame namens Arina, die er einem anderen Straßenfeger ausgespannt hatte. Man muß dazu sagen, daß die meisten unserer Freunde damals als Straßenfeger, Heizer oder Nachtwächter tätig waren. Im Sozialismus waren alle verpflichtet, einen Beitrag zum Gemeinwohl des Volkes zu leisten, jedem Schmarotzer drohte Freiheitsentzug. Gleichzeitig wurde jedoch nicht jede Tätigkeit vom Staat als gemeinnützig anerkannt. Um Dichter, Maler oder Musiker im Dienste des Volkes sich nennen zu dürfen, mußte man in den dafür vorgesehenen staatlichen Verbänden organisiert sein. Das schafften nur diejenigen, die das Regime lobpriesen. Die wahren Talente lebten im Untergrund, sie tarnten sich als Angehörige der Arbeiterklasse – meist mit solchen Berufen wie Heizer oder Nachtwächter, weil dafür keine spezielle Qualifikation erforderlich war. Die Straßenfeger-Party bei Antip entwickelte sich sehr turbulent, seine Herzensdame Arina forderte als Star des Abends die Gäste alle paar Minuten auf, die Gläser zu füllen und auf ihr Wohl anzustoßen. Der hektische Umgang mit dem Alkohol hatte jedoch vor allem für Arina selbst verheerende Folgen. Nach einiger Zeit verwandelte sich die intelligente Frau in eine unfrohe Sau. Wie eine Furie rauschte sie durch die Räume und ging allen auf die Nerven, mal wollte sie tanzen, mal schloß sie sich weinend im Waschraum ein, dann wieder wollte sie unbedingt an die frische Luft. Noch während der Party wurde sie Antip untreu und schenkte ihre Gunst einem anderen Straßenfeger. Die Stimmung an diesem Abend war hochpeinlich, trotzdem konnte ich die Party nicht verlassen. Meine Wohnung befand sich auf der anderen Seite des Flusses, und die Brücken in Leningrad wurden jede Nacht hochgezogen. Mit schrecklichen Kopfschmerzen fand ich in der Ecke des Gästezimmers ein Plätzchen auf einem Sofa und schlief dort unter einem großen Kopfkissen ein.

Als ich aufwachte, stand die Sonne schon hoch, die Wohnung war absolut leer, alle Straßenfeger hatten sich in nichts aufgelöst, waren einfach verschwunden, was mir ziemliche Angst einjagte. Ich konnte mir nicht vorstellen, wo eine solch große Menge von betrunkenen Menschen hingehen konnte.

»Das träumst du nur«, sagte mir meine innere Stimme. »Schließe wieder die Augen, das nächste Mal wachst du bestimmt unter besseren Umständen auf.« Und so geschah es auch. Beim nächsten Aufwachen saß ein blonder junger Mann auf meinem Sofa und spielte auf einer Vargan, einer Maultrommel. »Armes Mädchen! Du bist ganz allein hier, und niemand ist da, mit dem du reden könntest. Ich besorg dir einen Vogel«, sagte der junge blonde Mann etwas unvermittelt, »einen schönen blauen Singvogel, oder noch besser einen Sprechvogel, ich kenne einen.«

Ich dachte, was ist denn das für ein blöder Traum. Es war aber kein Traum, sondern Anton Dolokjan, ein in Leningrad bekannter Juwelier und Gründer der Künstlergruppe »Neue Wilde«, wie ich später erfuhr. An diesem Tag haben wir uns kennengelernt. »Ich brauche keinen Sprechvogel, ich mag lieber Katzen«, entgegnete ich.

»Du hast Glück, Mädchen«, meinte Dolokjan. »Ich kenne zufällig einen Kater, der gut zu dir passen würde. Den hat neulich Brian Eno auf der Straße gefunden und nach Kamtschatka gebracht.« Das hörte sich irrsinnig an. Ich wußte, daß Brian Eno ein englischer Lord und avantgardistischer Musiker war, Kamtschatka dagegen war eine Halbinsel nahe Alaska. Wie sollte der adlige Komponist die Katze ans Ende der Welt gebracht haben?

Mein neuer Bekannter klärte mich schnell auf. Der Musiker Brian Eno war gerade in Leningrad zu Besuch gewesen, er wollte die hiesige Künstlerszene kennenlernen. Die angesagtesten Künstler der Stadt arbeiteten damals als Heizer im Kesselraum Nr. 5, der sich in der Nähe meiner Wohnung auf der Petrogradskaja befand und im Volksmund »Kamtschatka« genannt wurde. Täglich gingen dort ihre Fans und Freunde ein und aus, wodurch der Kesselraum zu einer Art Underground-Club aufstieg. Der englische Kollege lernte in diesem Heizungskeller einen wesentlichen Teil der künstlerischen Avantgarde der Sowjetunion kennen. Deswegen verbrachte Brian Eno viel Zeit auf Kamtschatka, anstatt zum Beispiel in die Museen zu gehen. Der Kater, den er auf der Straße gefunden hatte, konnte aber nicht auf Dauer dort bleiben, wegen der ungesunden Lebensbedingungen. Man suchte nach einer neuen Bleibe für ihn. Dolokjan gab mir die Adresse vom Heizungskeller, am nächsten Tag ging ich hin, um den Kater abzuholen. Er lag auf einem großen Kohlenberg, man konnte nur seine gelben Augen sehen, so dunkel und kantig war er, wie ein Brocken Anthrazit. Dieser Kater gehörte zu der besonderen Rasse der absolut schwarzen Katzen, die abergläubische Menschen dazu bringen, nach einem Umweg zu suchen, wenn ihnen ein solches Tier über den Weg zu laufen droht. Der Kater bekam Angst, als ich ihn an die frische Luft brachte, zeigte aber seine Angst kaum, er gab keinen Ton von sich und wurde nur noch härter. Ich nannte ihn Brian Eno zu Ehren des Musik-Lords. Dolokjan, der als Juwelier ständig mit Gold zu tun hatte, schenkte dem Kater einen goldenen Ohrring.

Zwei Tage lang saß Brian Eno unter dem Bett und ließ niemanden an sich ran. Als er endlich rauskam, aß er einen ganzen Fisch auf. Langsam gewöhnte er sich an die neue Umgebung und wurde zu einem anständigen Wohnungskater, obwohl seine Vergangenheit auf Kamtschatka ihn nicht losließ. Wenn ich Brian Eno streichelte, bekam ich sofort schwarze Hände. Eine Bekannte von uns behauptete sogar, wir sollten ihn lieber Scheeflöckchen nennen, denn nach dem ersten

Waschen würde sich der Kater bestimmt als schneeweiß erweisen. Nicht zuletzt deswegen wollte ich Brian Eno erst einmal nicht waschen. Seine neue Bleibe gefiel ihm ganz gut, er integrierte sich schnell in unseren Haushalt, kletterte die Gardinen hoch, spielte mit meinem Wollknäuel und jagte gerne Fliegen durch die Wohnung. Sein Hauptinteresse war aber der Hund Piff, den er als eine Art Jagdmaus für sich entdeckte. Brian Eno verfolgte Piff auf Schritt und Tritt, stellte dem Hund Fallen, wartete manchmal stundenlang auf der Couch, bis der Hund vorbeilief, um ihm auf den Rücken zu springen und mit ihm durch die Wohnung zu reiten, solange es ging. Außerdem erwies sich Brian Eno als großer Musikfreund, er setzte sich gern neben den Plattenspieler und lauschte der Musik. Den Künstler Dolokjan fand ich sehr sympathisch, wir sind jedoch keine großen Freunde geworden. Er lebte in einer ganz anderen Welt, verkehrte hauptsächlich in Künstlerkreisen, die mir zwar lustig, aber zu postmodern und oberflächlich erschienen. Die sogenannten Neuen Wilden folgten der avantgardistischen Tradition der Revolutionszeit, sie verschmähten die alten Kunstformen und propagierten Aktionskunst, d. h., sie verwandelten ihren Alltag in Kunst, mit der sie vor allem nichtsahnende Menschen verarschten. Auch ich bin mehrmals ganz naiv auf diese Aktionskunst reingefallen. Einmal fragte Dolokjan mich, ob ich Schlittschuh laufen könne, und lud mich zum Eisstadion ein. Ich lieh mir eine Ausrüstung von einer Freundin und ging ohne Arg zu der Verabredung. Die Einladung erwies sich aber als Teil einer Kunstaktion: Dolokjan hatte 35 junge Frauen zur gleichen Zeit eingeladen, um mit ihm Schlittschuh zu laufen, er hatte sich dazu wie ein sowjetischer Pionier aus den sechziger Jahren ausstaffiert – mit kurzen Hosen, Kniestrümpfen und Halstuch. In diesem historischen Kostüm kreiste er mit den 35 Frauen im Leningrader Eisstadion herum, die anderen Läufer fielen reihenweise um, als sie die junge Frauenbrigade mit dem alten Pionier an der Spitze sahen. Ein Kollege von Dolokjan, auch ein Neuer Wilder mit dem Spitznamen »Dicker«, filmte derweil das Spektakel. Ein andermal kam Dolokjan ziemlich aufgeregt an und überredete mich, mit ihm zusammen zum Grundschullehrer-Ball im Pionierpalast auf dem Newskijprospekt zu gehen. Er hatte mit viel Mühe zwei Eintrittskarten für diese grandiose Veranstaltung auf dem Schwarzmarkt ergattert. Die Grundschullehrer, die in ihrer überwiegenden Mehrheit Frauen waren, hatten zu diesem Ball die jungen Kursanten von der Marineoffiziersschule eingeladen. Die Sache hätte nur ein Haken, erklärte mir Dolokjan, der Abend sei als Kostümball angekündigt worden, alle Gäste sollen irgendwelche Figuren aus alten russischen Märchen darstellen. Doch er habe dieses Problem bereits für uns beide gelöst – und passende Klamotten gefunden.

Ich sollte als Rotkäppchen, er als grauer Wolf auftreten. Im nachhinein konnte ich mir selbst nicht erklären, warum ich mich auf diese bescheuerte Idee einließ. Doch Dolokjan besaß die Überzeugungsgabe eines Hypnotiseurs. Wenn er redete, schien alles logisch und richtig zu sein. Je verrückter seine Ideen waren, desto ernsthafter trug er sie vor. Das Rotkäppchen-Kostüm bestand aus einem großen roten Panamahut, einem gestrickten, buntgestreiften Rock und ebensolchen Strümpfen sowie einer weißen Bluse und Holzschuhen. Außerdem bekam ich noch einen Korb mit Plastikkuchen. Der schlaue Dolokjan hatte für sich nur einen ganz normalen grauen Anzug und eine Wolfsmaske vorgesehen.

Als wir um 22 Uhr im Pionierpalast aufkreuzten, tanzten schon Hunderte von Grundschullehrerinnen mit den Jungoffizieren Walzer. Der Ball war alles andere als kostümiert. Die Frauen trugen unmodische, blumengemusterte Abendkleider, die Männer hatten Paradeuniformen an.

Mit meinen Holzclogs und dem Weidenkorb erntete ich die ungesunde Aufmerksamkeit aller Anwesenden. Mein Begleiter steckte mir sogleich seine Wolfsmaske in den Korb und fiel danach in seinem grauen Anzug überhaupt nicht mehr auf. Dieser Rotkäppchen-Auftritt war der peinlichste Augenblick meines Lebens. Dolokjan redete sich aus der Sache raus, er hätte die falschen Informationen über die Veranstaltung bekommen. Dabei beteuerte er mit Grimassen seine Unschuld! Man konnte auf diesen Menschen einfach nicht sauer sein. Nachdem wir den Pionierpalast wieder verlassen hatten, schloß ich mich seinem Lachen an. Brian Eno wurde erwachsen und verwandelte sich in ein richtiges Tier. Die meiste Zeit seines Lebens verbrachte er im Korridor, wo er neben einer großen Spalte im Fußboden Wache hielt. Lange konnte ich über sein Verhalten nur rätseln. Ich wußte nicht, was sich unter dem Fußboden abspielte. Brian Eno wußte es aber. Den ersten zwei großen Ratten, die eines Tages aus der Spalte huschen wollten, riß er die Köpfe ab und legte sie mir neben das Bett. Die anderen Ratten beschlossen daraufhin anscheinend, nichts mehr zu riskieren, und nahmen dafür einen Umweg durch andere Wohnungen in Kauf. Der Kater bekam zur Belohnung eine Portion Würstchen, er fühlte sich wie ein Held und erlaubte mir großzügig, seinen Bauch zu streicheln. Auf dem Hof genoß Brian Eno mit seinem coolen goldenen Ohrring große Popularität bei den Katzen. Ich glaube, sie wollten alle Babys von ihm haben. Die Zahl der pechschwarzen Katzen in unserer Umgebung stieg dann auch rasant. Auf seinen Zeugungstrips verschwand der Kater jedesmal für mehrere Tage, Piff wachte so lange an der Tür und wartete auf Brians Rückkehr. Wenn er merkte, daß der Kater in der Nähe war, bellte er laut. Ich ließ ihn dann in die Wohnung und wusch ihn gründlich, weil er nach jedem Ausflug noch schwärzer war als vorher. Frisch gewaschen schlief er auf dem Küchenschrank ein. Wenn er zu neuen Kräften gekommen war, ging er sofort wieder nach draußen. Die abergläubischen Bewohner aus unserem Haus hatten große Mühe, ins Haus zu gelangen – ohne daß ihnen die schwarze Katze über den Weg lief. Sie ließen keine Gelegenheit aus, ihre Unzufriedenheit mir gegenüber zu äußern. Einige von ihnen wollten es nicht bei Worten belassen und machten Jagd auf die schwarze Katze.

Eines Abends ging ich ins Kino, um mir einen Perestrojka-Film über Jugendliche anzuschauen, der gerade für allgemeine Aufregung sorgte. Der Film hieß »Assa«. Es ging darin um unglückliche Kinder, die ohne Eltern aufwuchsen, über romantische Teenager und zynische Erwachsene. Als ich nach Hause kam, lag ein kleines schwarzes Katzenbaby direkt vor meiner Tür. So schwarz, wie es war, konnte man eindeutig die Verwandtschaft mit

Brian Eno feststellen. Bestimmt hatte uns eine seiner Verehrerinnen das Baby gebracht, dachte ich. Brian Eno zeigte an dem Baby überhaupt kein Interesse. Auch Piff akzeptierte das Kuckuckskind kein bißchen. Ich nahm das Kätzchen an mich und taufte es auf den Namen Assa.

Assa

Zwei Monate lang lebte ich wie in einem Tierheim, zwei schwarze Katzen in einer Wohnung waren deutlich eine zuviel. Außerdem konnte Assa ihren Vater Brian Eno nicht ausstehen. Selbst wenn er sich gesprächsbereit zeigte, hinter ihr her lief und miaute: »Hallo, Töchterchen, wie geht es dir?«, bekam er nie eine Antwort. Assa lehnte jeden Kontakt zu ihrem Vater ab. Ich sprach darüber mit Dolokjan, ob er nicht jemanden kenne, der eine schwarze Katze nehmen würde. Dolokjan nahm sich mein Problem zu Herzen, er erzählte, daß sein Freund mit dem Spitznamen Dikker, der uns im Eisstadion gefilmt hatte, also auch ein »Neuer Wilder« war, gerade eine riesengroße Wohnung in einem leerstehenden Haus besetzt habe. Sie sei so groß, dass man darin Fahrrad fahren und Tischtennis spielen könne, es gäbe genug Platz für eine ganze Garnison, dazu eine funktionierende Strom- und Gasleitung, und sogar das Telefon sei nicht abgeschaltet. Die Neuen Wilden besetzten damals ständig irgendwelche Wohnungen in Leningrad, die vom Staat geräumt worden waren, um die Häuser irgendwann abzureißen. Die Künstler verwandelten diese Häuser in Kunstobjekte und tobten sich dort so lange aus, bis das Haus von alleine zusammenbrach. Dann zogen sie weiter ins nächste Haus.

Dicker war noch immer von seinen neuen hervorragenden Wohnbedingungen berauscht und ließ sich problemlos überreden, meine Assa aufzunehmen. Nach kurzer Zeit verliebte sich Dicker wahrhaftig in das Kätzchen: Er konnte sich nicht mehr vorstellen, ohne sie zu leben. In ihrem neuen Zuhause hatte Assa jedoch kein leichtes Leben. Sie wurde dort dauerhaft dem künstlerischen Wirken der Neuen Wilden ausgesetzt. Diese Künstler ließen keine Gelegenheit aus, an der Realität herumzuschrauben, und Assa bot ihnen als ein absolut schwarzes Objekt eine ideale Projektionsfläche für allerlei Experimente.

Dicker und seine Mitbewohner bemalten die

Katze mit weißen Flecken, zogen ihr selbstgemachte Klamotten über oder zwangen Assa, an ihren Kunstaktionen teilzunehmen. Dicker war ein leidenschaftlicher Frauenjäger, ständig verliebte er sich in originelle Frauen und schleppte sie ab. Einmal lernte er im Bus eine solche kennen – und verliebte sich sofort in sie. Obwohl es noch März war und die meisten Leute Herbstmäntel trugen, stand sie in einem leichten Bandeau-Kleid mit nackten Schultern im Gang und genoß die Aufmerksamkeit aller Fahrgäste. Dicker wollte ihr eigentlich nur kurz auf die Schulter tippen, um zu fragen, ob sie bei der nächsten Haltestelle aussteige – eine normale Geste in Leningrader Verkehrsmitteln. Der Bus machte jedoch in dem Augenblick einen Schlenker, Dicker verlor sein Gleichgewicht und versuchte sich am Bandeau-Kleid der Unbekannten festzuhalten (unbewußt, wie er später mit unschuldiger Miene behauptete), woraufhin das Kleid nach unten rutschte. Entschuldigung, Fräulein, sagte er zu der Unbekannten, die nun halbnackt vor ihm stand. Ich wollte Sie nur fragen, ob Sie bei der nächsten Station aussteigen. Die Frau drehte sich um, schaute ihn spöttisch an und sagte – sehr selbstbewußt: »Das hatte ich eigentlich nicht vor, aber wie es aussieht, muß ich jetzt wohl aussteigen.« Dabei versuchte sie, ihr Kleid in die ursprüngliche Position zu bringen, was ihr nicht ganz gelang. Dicker wurde ganz rot vor Aufregung. Als eine Art Wiedergutmachung lud er die Frau sofort zu einem Bier ein. Am gleichen Abend wurden sie ein Paar.

Inge, so hieß die junge Dame, war besonders für die Neuen Wilden sehr originell, für sie war sie wie ein Wesen aus einer anderen Welt. Sie arbeitete als Masseuse in der Sauna am Bahnhof und verkehrte in ganz anderen Kreisen, bevor sie Dicker kennenlernte. Bei den »Neuen Wilden« spielte sie oft Krankenschwester. Einmal trieb Dicker irgendwo zwei Flaschen mit Lachgas auf, lud Gäste ein und veranstaltete damit eine Party. Das Lachgas erwies sich jedoch zusammen mit Wodka als eine sehr giftige Mischung. Die Gäste schliefen ein und wären bestimmt nicht mehr aufgewacht, wenn Inge nicht rechtzeitig gekommen wäre. Sie riß alle Fenster auf, drehte die Gasflaschen zu und zerrte die Gäste einen nach dem anderen an die frische Luft. Ein anderes Mal wurden die Künstler während einer Straßenaktion mit dem Titel »Schnaps und Zucker für alle!« von der Bevölkerung mißverstanden und daraufhin bösartig attackiert. Inge stellte sich mutig zwischen die Kunst und das Volk. Noch lange danach lief sie stolz mit einem blauen Auge durch die Gegend. Das war im Jahr 1989. Die Grenzen des Landes öffneten sich langsam für Leute aus dem Westen. Immer mehr Ausländer kamen nach Leningrad, viele interessierten sich für die Leningrader Kunstszene und wollten Bilder oder Plastiken kaufen. Plötzlich fingen die Neuen Wilden an, wie wild zu malen, weil sich ihre Aktionskunststücke schlecht an die Ausländer verkaufen ließen. Immer mehr Heizer und Straßenfeger nutzten die neue Lage und verließen die Heimat in Richtung Westen. Man brauchte aber für eine solche Reise eine Einladung und jede Menge Geld für ein Visum, es sei denn, man reise nach Israel aus. Die sowjetischen Bürger mit jüdischer Nationalität konnten in dieser Zeit relativ schnell und leicht wegkommen. Die meisten Juden blieben allerdings auf dem Weg zu ihrer historischen Heimat irgendwo in Österreich oder Italien hängen. Dicker arbeitete ernsthaft an seinem Ausreiseplan. Seine Freundin Inge war ein Bürger jüdischer Nationalität. Das brachte ihn auf die Idee, sie als Brücke in den Westen zu benutzen. Sie gingen zum Standesamt, heirateten offiziell und stellten am gleichen Tag den Ausreiseantrag nach Israel. Ihr Antrag wurde erstaunlich schnell genehmigt. Schon vier Wochen später standen wir alle in der Abschiedshalle des Flughafens Pulkowo II, um dem Dicken und seiner Frau ein letztes Mal hinterherzuwinken. In dieser Abschiedshalle war damals die Hölle los. Mehrere Dutzend Familien mit großen schweren Koffern lamentierten laut. Niemand wußte genau, was man auf die Reise mitnehmen durfte und was nicht. Die meisten waren deswegen auf Nummer Sicher gegangen und hatten einfach alles mitgenommen, was sie besaßen: Nähmaschinen, Teppiche, Elektroherdplatten, Kinderfahrräder, Bücher. Die Zöllner sortierten wütend alles nicht Genehmigte aus, sie waren wahrscheinlich neidisch, weil sie dableiben mußten. Ständig hörte man Schreie in der Menge. Wenn die Leute erfuhren, daß sie einen Teil ihrer Habe nicht mitnehmen durften und niemanden hatten, der die Sachen für sie aufbewahren konnte, wollten sie am liebsten alles auf der Stelle vernichten: Hauptsache, der Staat kriegte nichts.

Sie schmissen mit teuren Lebensmitteln um sich, Konservenbüchsen mit Kaviar und Sprotten kullerten durch die Halle. Cognacflaschen rollten auf dem Boden. Unser Freund Dicker wirkte in diesem Getümmel wie ein Heiliger: Er hatte nicht mal einen Koffer – nur ein paar Birkenreisige aus der Sauna, zur Erinnerung an die heimische Flora, dazu zwei von seinen Künstlerkollegen bemalte T-Shirts, auf denen »Schnaps und Zucker für alle!« und »Jedem ein Messer« stand, im Arm hielt er die Katze Assa, die auch nach Israel ausreisen durfte. Dicker schaute ständig auf die Uhr und suchte seine Frau Inge in der Menge, sie hätte eigentlich schon längst am Flughafen sein müssen.

Sie wollte nur kurz Abschied von ihren Saunakollegen nehmen, bevor sie das Land für immer verließ. Wegen seiner Nervosität und seiner Gepäcklosigkeit fiel Dicker sofort bei den Zöllnern in Ungnade. Sie erkoren ihn zum Hauptverdächtigen des Tages. Während seine Künstlerkollegen die Konservenbüchsen und Cognacflaschen in der Halle aufsammelten, bekam Dicker das komplette Durchsuchungsprogramm verpaßt – nach dem Motto: »Wo hast du dein Gold versteckt, sag es lieber selbst, bevor wir es finden!« – Man schnitt seine Hosen auseinander, er mußte sich hinhocken, die Zunge rausstrecken, die Pobacken auseinanderziehen und endlos Fragen beantworten. Auch Assa mußte auf den gynäkologischen Stuhl. Sie konnte aber auf eine abenteuerliche Vergangenheit bei den »Neuen Wilden« zurückblicken und überstand die Prüfung gelassen – ohne einen Ton von sich zu geben, während Dicker die ganze Zeit die Zöllner anschrie. »Nehmt alles, nehmt mein Leben!«

Inge war in der Sauna beim Abschiedstrunk mit den Kollegen abgestürzt, sie blieb deswegen vorerst ihrer Heimat erhalten – und Dicker flog mit der Katze allein nach Israel. Seine Freunde behielten ihn in guter Erinnerung. Noch Tage nach seiner Abreise aßen die Neuen Wilden Flughafen-Kaviar zum Frühstück und tranken dazu exquisiten Cognac.

Zwischenkatzen

Mit der von Gorbatschow angesagten Perestroika-Politik veränderte sich das Leben überraschend schnell. Ich hatte nicht geglaubt, daß diese Politik, die wir auslachten und verschmähten, eine solche Auswirkung auf den Alltag nehmen würde. Als erstes veränderte sich unser ödes sozialistisches Fernsehen, das ich vor 1990 niemals eingeschaltet hatte. Das Fernsehgerät stand bei mir im Zimmer unter dem Tisch und wurde nur dann rausgeholt, wenn ich mehr Gäste als Stühle in der Wohnung hatte. 1990 war jedoch ein Jahr des permanenten Fernsehens. Alle schauten »600 Sekunden« – ein Nachrichtenmagazin der besonderen Art. Jeden

Abend brachte dort ein junger Journalist zehn Minuten lang die Ungeheuerlichkeiten aus dem Leningrader Stadtleben auf den Bildschirm: furchtbare Autokatastrophen, steigende Kriminalität, florierende Gesetzlosigkeit, mit einem Wort alles, was uns all die Jahre von der Staatsmacht verschwiegen wurde.

Manchmal hatten seine Sendungen ein Nachspiel in der Realität. So zeigte einmal »600 Sekunden« ein kleines Kätzchen, das auf einem hohen Baum hockte und von alleine nicht mehr runterkam. Es war unbegreiflich, wie das Kätzchen es überhaupt geschafft hatte, so hoch zu klettern. Gleichzeitig wurden Aufnahmen von der Feuerwehrwache gezeigt, in denen die Feuerwehrmänner damit protzten, wegen solcher Kleinigkeiten würden sie niemals zu einem Einsatz rausfahren.

Nach der Sendung bekam aber die Feuerwehrwache dermaßen Feuer unterm Arsch, daß sie noch in der gleichen Nacht mit fünf Autos ausrückten, um die Katze zu retten. Die Bürger riefen beim Fernsehen an und konnten dort ungeniert alle ihre Probleme ausbreiten. Man nannte das »offene Gesellschaft« und »Sozialismus mit menschlichem Antlitz«. Ständig kamen neue modische Sendungen ins Programm: »Das fünfte Rad« klärte z. B. die Zuschauer über die Weltkultur auf, »Russisches Video« zeigte jeden Dienstag raubkopierte ausländische Filme, die Leningrader klebten am Fernseher, anstatt wie früher in den Cafés zu sitzen. Auch die Geschäfte spielten verrückt. Plötzlich verschwand aus allen Läden der Tee. Statt dessen wurden die Schaufenster mit Bergen von Pepsi-Cola dekoriert. Ich mochte aber keine Pepsi-Cola, zusammen mit Freunden sammelten wir Lindenblüten im Park und benutzten sie als Tee-Ersatz. Jeder Tag brachte Neuigkeiten, der Staat achtete darauf, daß die Lebensmittel nicht in falsche Hände gerieten. Die Butter wurde z. B. den Angestellten in den Betriebskantinen nur gegen spezielle Bons verkauft, die Wurst – nur für Kriegsveteranen gegen Vorlage ihres Ausweises. Als Asoziale hatten wir keine Bons und Ausweise und wurden deswegen von vielen Grundnahrungsmitteln abgeschnitten. Dafür aber wurden die Geschäfte mit teurem ausländischem Waschpulver buchstäblich überschüttet. Man verkaufte es lose – kiloweise. Oft verdünnten die Verkäufer das Waschmittel mit Mehl, was zur Folge hatte, dass sich die Wäsche nach dem ersten Waschgang in Teig verwandelte. Trotz dieser Probleme oder gerade deswegen herrschte in der Stadt Aufbruchsstimmung. Viele freuten sich auf den Sozialismus mit menschlichem Antlitz und suchten das Weite. Nicht nur die neuen Wilden, auch die alten Zahmen nutzten die Freiheit, um einmal nach Frankreich, Amerika, England oder Schweden zu verreisen. Natürlich nicht für immer, nur für ein paar Wochen, sagten sie, blieben aber viel länger. Nur wenige kamen tatsächlich zurück. Mein alter Freund Ruslan flog nach New York, um dort irgendwelche Freunde zu besuchen. Gleich am Flughafen bekam er eine Herzattacke und verbrachte zwei Monate in einem amerikanischen Hospital. Am selben Tag, als er entlassen wurde, war sein Visum abgelaufen. Ruslan flog nach Leningrad zurück. Amerika hatte er gut in Erinnerung behalten, allerdings erzählte er nur vom Krankenhaus, von Krankenschwestern und den Mengen von Medikamenten, die er dort bekam. Andere Freunde schickten uns Geschenke aus dem Ausland – Klamotten, Kosmetik, Schallplatten, Whiskey und Tee. Eine Reise ins Ausland wäre auch für mich gut gewesen, dachte ich. Der politische Wandel der Regierung hatte aber auch seine negative Seiten. Ständig versammelten sich links- und rechtsgesinnte Bürger auf den Straßen und Plätzen, um sich furchtbar wichtig zu nehmen. Durch die ständigen Katastrophenberichte im Fernsehen verloren viele den Kopf und drehten durch. In Leningrad gingen Gerüchte um, die Rechten würden ein Pogrom vorbereiten. Er sollte am 20. April stattfinden, an Hitlers Geburtstag. Mein Freund Alex, der sich schon immer für den Nabel der Welt hielt, bekam große Angst. Er war überzeugt, das dieses Pogrom nur ein Ziel habe, ihn zu vernichten. Ich glaubte nicht daran, trotzdem beschlossen wir, für alle Fälle die Stadt zu verlassen. Mit Hund und Katze fuhren wir aufs Land, auf dem sogenannten »69er Kilometer« besaß ein Verwandter von mir ein Sommerhäuschen.

Das dörfliche Leben erwies sich als viel problematischer, als ich zuerst gedacht hatte. Brian Eno ließ sich nicht im Haus einsperren, er löste sich schon nach fünf Minuten wie in Luft auf. Der Hund Piff dagegen wollte nirgendwohin. Die ganze Zeit lag er in einer großen Pfütze auf dem Hof und strahlte vor Glück. Draußen war es noch immer saukalt, der Frühling wollte sich nicht einstellen, in den Gräben lag Schnee.

In dem Häuschen war kein Brennholz vorhanden. Allein um den Tee aufzusetzen, brauchte man eine Stunde, an Essenkochen war kaum zu denken. Zuerst mußte ich Wasser aus dem Brunnen holen, dann Holz sammeln und Feuer im Ofen machen, eine Folter für jeden Stadtbewohner. Alex kümmerte sich nicht darum, er saß die ganze Zeit vor dem alten Radioempfänger und versuchte die Nachrichten aus der Stadt auf der Skala zu finden, aus der Kiste kam jedoch nur Rauschen, was ihn noch unsicherer machte. Drei langweilige Tage verbrachten wir auf dem »69er Kilometer«. Zum

Glück fand ich auf dem Dachboden eine Kiste mit Büchern, Gedichtbänden und alten Zeitungen: »Die verheißungsvollen Abenteuer des Kapitän Nemo«, »Der Tag der Poesie 1961« und mehrere Liebesromane mit abgerissenem Umschlag – ich las alles nacheinander weg. Zwischendurch lief ich im Hof herum und rief nach Brian Eno. Auf meine Rufe versammelten sich langsam alle Katzen aus der Nachbarschaft – weiße, gelbe und schwarze. Sie saßen auf dem Hof und schauten mich erwartungsvoll an. Diese armen Dorfkatzen erwarteten von mir anscheinend Futter und Zuneigung, die sie nicht genug bekamen auf dem »69er Kilometer«.

Brian Eno war nicht da. Am vierten Tag beschlossen wir, zurück in die Stadt zu fahren. Ich ging durch das Dorf auf der Suche nach Brian Eno und fragte an jedem Zaun, ob die Bewohner dort einen schwarzen Kater mit einem Goldring gesehen hätten. Sie hatten ihn alle gesehen, überall. Sogar zwei Kilometer von unserem Sommerhaus entfernt hatte man ihn gesehen, dort, wo das nächste Dorf, der »71er Kilometer«, begann.

Mir wurde klar, daß Brian Eno nicht mehr zu finden war. Wir hatten ihn verloren. Fünf Minuten vor der Abreise, als wir schon alle Sachen zusammengepackt hatten, hörte ich plötzlich lautes Miauen an der Tür. Brian Eno ging rein, als wäre nichts gewesen, er sprang sofort in sein Körbchen und machte den Deckel hinter sich zu.

Wir fuhren zurück in die Stadt. Vom Pogrom fehlte jede Spur, alles war wie immer. Ende April bekamen wir eine Einladung von einer entfernten Verwandten aus West-Berlin. Damals galt West-Berlin noch nicht als ein Teil der BRD, deswegen brauchten wir kein extra Visum zu beantragen. Notwendig war nur eine Erlaubnis von der sowjetischen Behörde, die uns die Ausreise genehmigen mußte. Sie zu bekommen war ein Kinderspiel. Nach nur drei Monaten pendeln zwischen der zuständigen Abteilung des Innenministeriums und anderen Behörden hatten wir die Ausreisegenehmigung in der Tasche. Für mein ganzes Geld, das mir noch geblieben war, kaufte ich Geschenke für eventuelle zukünftige ausländische Freunde: Holzpuppen, eine Stola, mehrere Wodkaflaschen und ein teures Holztablett, handbemalt mit russischen Volksblumen.

Das größte Problem, das ich vor der Abreise noch zu klären hatte, war: Wohin mit den Tieren? Mit unserem alten Hund Piff und dem geliebten Kater Brian Eno. Wir fragten alle unsere Bekannten, ob sie unsere Tiere nicht bei sich aufnehmen könnten. Meine Freundin Juka nahm den Hund, und ein Freund von Alex, ein Biofreak und Esoteriker, nahm Brian Eno. Er hatte bereits mehrere

Katzen und meinte, eine mehr würde ihm nichts ausmachen. Ende Juli landeten wir in Berlin-Schönefeld. Gerade in dieser Zeit wurden den Juden aus der Sowjetunion unbefristete Aufenthaltsgenehmigungen erteilt. Das war eine Chance für uns, im Westen zu bleiben. Wir beantragten diese Aufenthaltserlaubnis und schrieben uns bei den Deutschkursen in der Otto-Bönicke-Stiftung ein, wenig später fanden wir auch eine Wohnung im Wedding zur Untermiete. Ich hatte jedoch große Sehnsucht nach Brian Eno und träumte jede Nacht davon, meinen Kater aus Leningrad zu holen. Ohne Kater war das Leben öde.

Im August 1991 bekam ich die notwendigen Papiere, mit denen ich Rußland besuchen konnte. Ich flog sofort nach Leningrad zu Brian Eno und kam mit meinem Glück zur falschen Zeit ins Land. An dem Tag, als ich in Pulkowo landete, beschlossen der Verteidigungsminister und der Chef der Staatssicherheit gegen den damaligen russischen Präsidenten zu putschen. In Moskau rollten Panzer auf der Straße, auch in Leningrad herrschte eine miserable Stimmung. Man munkelte, die Grenzen würden von dem Putsch-Komitee dichtgemacht werden. Die Straßen waren leer, alle saßen vor dem Fernseher. Ich traf den Esoteriker in einem leeren Café im Zentrum und fragte ihn nach Brian Eno.

»Er ist am gleichen Tag gegangen, als ihr weggeflogen seid. Ich habe mich nicht getraut, ihn aufzuhalten. Er ist ein erwachsenes Wesen, das für sich selbst verantwortlich ist. Die Tiere wissen sowieso besser, wo sie hinmüssen und was sie zu tun haben«, erzählte er. Ich atmete tief durch und zählte bis zehn, um nicht auf ihn einzuschlagen. Kaum war der Putsch zu Ende, flog ich nach Berlin zurück. Ich hatte überhaupt keine Nostalgie mehr.

Masja

Ich kehrte nach Deutschland zurück, fest entschlossen, mir dort eine neue Existenz aufzubauen und das Leben von vorne zu beginnen. Berlin schien mir dafür die richtige Stadt zu sein – so groß wie Leningrad, alt und im Krieg zerschossen, aber quicklebendig. In dieser bunten Menschengemeinschaft fühlte ich mich wohl. Als erstes nahm ich mir vor, die Sprache endlich richtig zu lernen. Das war gar nicht so einfach. Unsere Studentengruppe im Deutsch-Intensivkurs bestand aus drei Dutzend junger Russen, Ukrainer und Rußlanddeutscher. Sie brauchten keine Deutschkenntnisse für ihren Alltag, weil sie untereinander perfekt auf Russisch kommunizierten. Nur wenige betrachteten diesen Intensivkurs als eine ernste Angelegenheit. Die meisten quatschten die ganze Zeit über die üblichen Themen, die jeden Neuankömmling im Westen beschäftigen: den gerade angeschafften Gebrauchtwagen, neue Klamotten, Wohnungssuche. All das im ständigen Vergleich mit dem früheren russischen Leben. Das erste Jahr verbringt jeder mit solchen Vergleichen. Jeder Satz meiner Kommilitonen begann in der Regel mit »Also bei uns früher in Karaganda ...«. Wenn man aufhört zu vergleichen, dann ist man in der Fremde angekommen, sagt ein Emigranten-Sprichwort. Ich nahm an diesen allgemeinen Diskussionen während des Unterrichts kaum teil, ich hatte andere Sorgen.

Die alte Leningrader Gewohnheit, nachts zu leben und erst in der Morgendämmerung schlafen zu gehen, ließ sich nicht mit dem Beginn der ersten Unterrichtsstunde um 8 Uhr 15 vereinbaren. Um pünktlich in der Schule zu sein, mußte ich um sechs aufstehen, der Weg vom Wedding nach Dahlem war lang. In der Regel trug ich zu dieser Stunde eine undurchsichtige Sonnenbrille. In der Schule angekommen, setzte ich mich auf die vorderste Bank, holte mein Heft und einen Kugelschreiber aus der Tasche und nahm eine Pose ein, die große Lernbereitschaft signalisierte. Dann schloß ich die

Augen hinter der Brille. Mein heimlicher Traum war, im Schlaf Deutsch zu lernen, eines Tages auf der vorderen Bank einzuschlafen und mit kompletten Deutschkenntnissen zur Zeugnisverleihung wieder aufzuwachen. Manchmal sah ich sogar im Traum, wie ich aufwachte, das Zeugnis aus der Hand des Schulleiters entgegennahm, ihm die Hand schüttele und mich in fließendem Deutsch bedankte. Es war sehr schön, aber leider nur ein Traum.

Die Realität sah gräßlich aus: Die ersten drei Monate konnte ich außer »Entschuldigung« und »Guten Morgen« so gut wie nichts auf deutsch sagen. Nach Beendigung der ersten »Grundstufe« wurde unsere Gruppe aufgelöst und eine zusätzliche gegründet – mit Nachmittagsunterricht. Dorthin wechselte ich, und ab da ging es aufwärts.

Mein Freund Alex, ein sprachbegabter Mensch, hatte von Anfang an weniger Probleme als ich: Bereits in Leningrad glänzte er mit seinen Englischkenntnissen, in Berlin nun lernte er sehr schnell Deutsch und fand gleich viele neue Freunde und Freundinnen, mit denen ich nichts anfangen konnte. Zu diesem Zeitpunkt war unsere Beziehung bereits ziemlich zerrüttet, insofern war ich beinahe erleichtert, als er schließlich mit einer Deutschen durchbrannte. Doch ich war nicht allein.

Einmal sah ich im Winter, im Hinterhof unseres Weddinger Hauses, einen großen schwarzen Kater, als ich wie immer zur Sprachschule ging. Er saß unter einem Busch und bewegte sich nicht. Als ich acht Stunden später zurückkam, war der Kater noch immer da. Ich beobachtete ihn. Außer der Eroberung der deutschen Sprache hatte ich nämlich beschlossen, mir unbedingt einen passenden deutschen Kater zuzulegen. Deswegen erregte diese Begegnung meine Aufmerksamkeit. Am Abend schaute ich mehrmals aus dem Fenster – auf unseren beleuchteten Hinterhof: Der Kater saß immer noch da, an derselben Stelle, er wirkte wie versteinert. Das ist ein Schicksalszeichen, dachte ich und ging runter. Mein Plan war, diesen Kater erst einmal als Gast zu mir einzuladen und dann abzuwarten. Sollte ihn jemand suchen, würde ich ihn dem rechtmäßigen Besitzer zurückgeben. Ich wollte keine Katze klauen. Was ich allerdings nicht wußte, war, ob mich dieser deutsche Kater verstehen konnte. Auf dem Hof sagte ich zu ihm auf Russisch »Kis-Kis-Kis«. Er zeigte keine Reaktion. Dann nahm ich ihn auf den Arm und brachte ihn in die Wohnung, er hatte nichts dagegen. In der Küche verschmähte der Kater jedoch alle Wurstsorten, die ich ihm anbot. Er nahm die gleiche Pose wie zuvor auf dem Hof an – die Haltung eines Adlers, dem jemand die Flügel gestutzt hat –, setzte sich neben meinen Sessel und erstarrte. So saßen wir nebeneinander in dem verdunkelten Zimmer, bis kurz nach Mitternacht Stimmen auf dem Hof zu hören waren. Dort suchten Unbekannte mit Taschenlampen eindeutig nach einer Katze. Ich ging runter, um mit ihnen zu reden. Diese Leute waren jedoch nicht die Besitzer des Katers, sondern nur meine Nachbarn, die ich aber auch nicht kannte: gute Seelen, die den Kater unterm Busch ebenfalls gesehen hatten und ihm nun helfen wollten. Als sie erfuhren, daß er sich bereits bei mir in der Wohnung befand und also gut aufgehoben war, machten sie ihre Taschenlampen aus und gingen erleichtert in ihre Wohnung zurück. Ab da fühlte ich mich als rechtmäßige Besitzerin von Masja. Wie dieser Name zustande kam und was er bedeutet, kann ich nicht erklären. Masja war einfach das erste Wort, das mir in den Kopf kam, als ich den Kater sah. Er war groß, schwarz, mit weißen Flecken auf den Pfoten und hatte sonst keine besonderen Merkmale. Masja war weder klug noch dumm, weder schnell noch langsam, nicht lieb und nicht böse, nicht dick und nicht dünn, mit einem Wort – Masja eben. Später merkte ich, daß er wahrscheinlich einer türkischen Familie entflohen war: Er verschmähte die üblichen Katzenprodukte, reagierte aber sehr erfreut auf türkische Lebensmittel und aß sogar gerne türkisches Brot sowie Falafel. Die einzigen Katzenkonserven, die er mochte, waren die großen Büchsen von Aldi. Wenn er nicht aß und nicht schlief, spazierte Masja mit langsamen Schritten durch die Wohnung und schaukelte dabei mit dem Hintern. Masja war ein typischer Macho, er benahm sich so, als wäre er der Hausherr, mich schaute er gelegentlich an, als wäre ich seine Dienerin – nur dazu da, um ihm die Konservenbüchsen zu öffnen. Es wurde Frühling, ich machte zum ersten Mal die Balkontür auf, gleich am ersten Tag fiel er runter, tat aber im nachhinein so, als wäre das genau sein Plan gewesen. Da wir zum Glück im zweiten Stock wohnten, passierte Masja nichts, er fiel genau in die Büsche, unter denen ich ihn gefunden hatte. Seinen Sturz vom Balkon nahm ich zum Anlaß, an diesem wunderbaren Frühlingstag die Sprachschule zu schwänzen. Zur Entschuldigung schrieb ich einen Brief an den Schulleiter, in dem ich ihm mitteilte, daß ich an dem Tag unmöglich am Unterricht teilnehmen konnte, weil ich meinem vom Balkon gefallenen Kater erste und zweite Hilfe leisten mußte.

Unsere Schulzeit ging sowieso langsam zu Ende. Die Prüfungen für die Grund- und Mittelstufe hatte ich hinter mir, mehrere Texte über Baumaßnahmen auf dem Potsdamer Platz auswendig gelernt und vorgetragen, dazu Texte über den wirtschaftlichen Aufschwung in den neuen Bundesländern, Texte über das Grundgesetz usw. ... Außerdem mußte ich einen dreiseitigen Aufsatz über die Notwendigkeit des Abfall-Recyclings schreiben und einen zweiseitigen Aufsatz über die politische Lage in Südafrika. Ich fühlte mich auf jede Art von Konversation in Deutschland gut vorbereitet. Im Mai bekam ich mein Zeugnis und fand sofort eine Arbeitsstelle als Barkeeperin im Café »Luz« im Prenzlauer Berg. Meine erste Zeit dort war kein Zuckerschlecken, obwohl ich der Frühschicht von 10 bis 16 Uhr zugeordnet wurde, die als eine »leichte« Arbeitszeit galt – man mußte hauptsächlich Frühstücke servieren, und die Kundschaft war noch nicht so zahlreich wie am späten Abend. Gleich am ersten Tag stellte ich fest, daß ich trotz meiner hervorragenden zweijährigen Sprachausbildung so gut wie gar keine kneipentauglichen Deutschkenntnisse besaß. Ich konnte den Gästen zwar was über den wirtschaftlichen Aufschwung in den neuen Bundesländern oder über die politische Lage in Südafrika erzählen, doch wenn ich den Satz hörte »Mach ma zwei Gezapfte und ein Gespritztes«, bekam ich kalte Füße. Einmal, als ich abkassieren wollte, sagte ein Gast zu mir: »Wartest du auf die Kohle?« Daraufhin erwiderte ich ihm auf hochdeutsch: »Nein, wir haben im Café eine Zentralheizung.« Unser Geschäftsführer, ein junger Schwabe mit spanischem Knall und guten Russischkenntnissen, krümmte sich vor Lachen hinterm Tresen. Ich lernte aber jeden Tag etwas dazu. Später in der Nachtschicht offenbarten sich mir die restlichen Geheimnisse der deutschen Sprache. Trotz anfänglicher Schwierigkeiten gefiel mir der Job in der Kneipe. Ich lernte täglich neue und durchaus interessante Menschen kennen, unser Kneipenkollektiv war wahrscheinlich das, was man als eine gelungene Multikultimischung bezeichnete. Ich hatte Arbeitskollegen, die aus Venezuela, Ägypten, Chile und Kuba kamen, dazu noch einige Deutsche und Brasilianer. Alle waren supernett und freundlich.

Nicht selten endete die Schicht mit einer internen Party. Wie es oft in den Kneipen ist, verbrachte der größte Teil des Teams auch seine Freizeit am Arbeitsplatz, weil man dort günstiger konsumieren konnte. Die Anwesenheit des hungrigen Katers, der zu Hause auf mich wartete, disziplinierte mich aber diesbezüglich. Nachdem das Café »Luz« verkauft und die Mannschaft von dem neuen Betreiber vollständig ausgewechselt worden war, arbeitete ich weiter in verschiedenen anderen Kneipen zwischen der Prenzlauer und der Schönhauser Allee. Davon gab es jede Menge, und fast wöchentlich kamen neue dazu. In diesen Kneipen habe ich dann Wort für Wort die gesamten Wissensbestände aufgenommen, die notwendig sind, um ein sogenanntes Berliner Gespräch zu führen. Ich erfuhr, wie sich Wernesgrüner Bier von Becks unterscheidet, die BZ von der Berliner Zeitung und Hertha vom 1. FC Union. Als Russin hatte ich in diesen überwiegend spanisch-deutschen Kneipenkreisen einen Ausländerbonus. Viele Kunden waren scharf darauf, ihre Russischkenntnisse an mir auszuprobieren – entweder waren sie schon in Rußland gewesen oder hatten Russisch in der Schule gelernt. Manche hatten schon mal eine russische Braut gehabt, andere wollten sich unbedingt eine zulegen.

Auf Umwegen landete ich schließlich in der Tanzkneipe »Akba Lounge« in der Srezkistraße. Sie befand sich im Erdgeschoß eines alten Hauses, in dem auf jeder Etage ein Kulturprojekt einquartiert war: eine Malerwerkstatt im ersten Stock, eine Kunsttöpferei im zweiten, und ganz oben, unter dem Dach, befand sich ein Tanztheater. Anscheinend war dieses Kollektiv aber kein reines Tanztheater, sondern eins mit Sprechtheater-Elementen, man konnte die Schreie aus dem Proberaum sogar bis zu uns im Keller hören. Dort, erklärten mir die Kollegen, wird gerade »Schuld und Sühne« von Dostojewski geprobt – mit russischen und deutschen Schauspielern.

Beide Seiten hatten große Verständigungsschwierigkeiten. Jeden Abend kamen sie nach den Proben runter in die Kneipe, um sich zu beruhigen und zu betrinken. Die Regie-Frau trank Metaxa, die deutschen Schauspieler Bier, die russischen Wein, Bier, Wodka, und alle anderen Getränke, die es in »Akba Lounge« gab. Dabei schimpften sie weiter aufeinander: Die Russen vertraten das klassische Stanislawski-System, die Deutschen hielten sich für avantgardistische Brechtianer. An einem solchen Abend lernte ich einen der Russen näher kennen, einen imposanten jungen Mann mit langen schwarzen Haaren, einem Dreitagebart und großen blauen Augen. Er war aus Moskau nach Berlin gekommen und spielte bei dieser Truppe die Rolle eines Verbindungsmannes, eines Vermittlers zwischen den beiden Theatersystemen.

Mehrmals blieb Wladimir auch dann noch an der Theke sitzen, wenn alle anderen sich verabschiedet hatten und nach Hause gegangen waren. Meine Schicht war in der Regel um sechs Uhr früh zu Ende. Danach gingen wir zu mir oder zu ihm. Mein ehemaliger Freund Alex hatte zu diesem Zeitpunkt bereits eine deutsche Freundin gefunden und war mit ihr nach Frankfurt gezogen. Mit dem neuen Freund fing das Leben neu an. An meinem einzigen freien Tag in der Woche saßen wir eng zusammen in einer Disko, gingen durch die Nacht spazieren, durch alle Kneipen am Kollwitzplatz, und tranken Sekt im Sonnenaufgang. Wladimir erzählte mir eine unglaubwürdige, aber lustige Geschichte nach der anderen – unter dem Motto: »Die Welt, die wir kennen, geht zu Ende.«

Zwei Monate später, als sein Theaterprojekt zu Ende war, beschlossen wir, gemeinsam nach Rußland zu fahren. Moskau und Leningrad standen auf unserem Reiseplan. Meine Idee war, ihn durch Leningrad zu führen und mit meinen Freunden und Verwandten bekannt zu machen. Wladimir wollte mir seine Heimatstadt zeigen, seinen Wohnbezirk und sein Elternhaus: »Damit du mich besser verstehst«, meinte er. Das notwendige Geld für die Reise hatten wir parat, ich mußte nur noch schnell jemanden finden, der einen Monat lang auf Masja aufpaßte. Der einzige dafür in Frage kommende Kandidat war Alexander Iwanowitsch, ein alter Bekannter meines Cousins, ein erfolgreicher Geschäftsmann und Pokerspieler, der sich gerade in Berlin aufhielt.

Alexander Iwanowitsch hatte damals eine schwere Zeit durchzustehen, er saß in einem Hotelzimmer am Ende des Kurfürstendamms, das er nicht mehr länger bezahlen konnte, und wußte nicht wie weiter. Manchmal kam er zum Essen vorbei oder in der Kneipe auf ein Bier und schilderte mir ausführlich seine höchst komplizierte Lebenslage. Die beiden Leidenschaften von Alexander

Iwanowitsch – Geschäftstüchtigkeit und Spielsucht – ließen sich nicht in einen harmonischen Einklang bringen. Als russischer Geschäftsmann und Vertrauensperson von mehreren Firmen, die Metall nach Deutschland verkauften, hatte Alexander Iwanowitsch oft Bargeld im fünfstelligen Bereich in seiner Tasche, das aber nicht nur seins war. Wenn er mit diesem Geld in der Nähe eines Kasinos vorbeiging, verlor Alexander Iwanowitsch regelmäßig seinen kühlen Kopf. Einmal ging er zum Beispiel zur Bank, um endlich seinen eigenen Gewinn aus einem Deal abzuheben. Die Bank befand sich unglücklicherweise genau gegenüber von einem Spielkasino. Alexander Iwanowitsch schaffte es gerade noch, von seinem Geld eine Stange Zigaretten und eine frische russische Wirtschaftszeitung zu kaufen, den Rest versenkte er am Roulettetisch. Danach kam er zu mir und wollte mir seine Zigaretten und die Zeitung schenken, denn »es hat sowieso alles keinen Sinn mehr«, wie er zu sagen pflegte. So ein verschwenderischer Geist war dieser Alexander Iwanowitsch.

Aufgrund dieses permanenten Wechsels zwischen superreich und grottenarm entwickelte sich bei ihm eine apokalyptische Weltsicht, die ihn sehr sympathisch machte. Als ich ihm von der bevorstehenden Reise erzählte, zeigte er sich sofort bereit, einen Monat auf meinen türkischen Kater aufzupassen. Vor der Abreise kaufte ich dreißig Katzenkonserven bei Aldi und gab Alexander Iwanowitsch ein wenig Geld, das für einen Monat reichen sollte.

Die ersten zwei Wochen verbrachten Wladimir und ich in Leningrad bei meinen Freunden, dann fuhren wir nach Moskau und wohnten bei Wladimirs Tante. Es war eine phantastische Reise, wir waren beide sehr glücklich. Fast auf den Tage genau vier Wochen später kamen wir nachts nach Berlin zurück und fuhren sofort zu mir in den Wedding. In der Wohnung war es stockfinster, ein starker Geruch kam uns entgegen. Ein Schatten löste sich von der Wand, atmete hörbar aus und stöhnte: »Endlich seid ihr da!« Mir wurde sofort klar, daß Alexander Iwanowitsch mit Masja nicht die beste Zeit seines Lebens gehabt hatte. Ich erkannte die beiden erst einmal gar nicht richtig, so dünn waren sie geworden. Alexander Iwanowitsch hatte einen Bart, und Masja hatte mindestens die Hälfte seines Gewichtes verloren. Die Wohnung wurde nur von zwei Kerzen erleuchtet, und zwei Paar hungrige Augen schauten aus der Dunkelheit. Überschwenglich erzählte Alexander Iwanowitsch uns die traurige Geschichte seines Aufenthalts im Wedding. Aus unerklärlichen Gründen war in der Wohnung der Strom ausgefallen, gleich an dem Tag, als wir nach Rußland flogen. Alexander Iwanowitsch konnte weder kochen noch fernsehen, denn alles war in meiner Wohnung vom Strom abhängig. Es gab kein warmes Wasser und kein Telefon mehr. Aufgrund mangelnder Sprachkenntnisse und aus Angst vor Fremden traute sich Alexander Iwanowitsch nicht, die Nachbarn anzusprechen. Von den Stromsicherungen im Keller wußte er nichts. Die Videokassette mit einem Pornofilm, die er sich mit meiner Kundenkarte gleich nach unserer Abreise in der Videothek gegenüber ausgeliehen hatte, blieb einen Monat lang im Videorecorder stecken. Das ganze Geld, das ich ihm hinterließ, gab er für Kerzen und Brötchen aus. Die Summe reichte aber nicht. In seiner Verzweiflung aß Alexander Iwanowitsch eines Tages sogar alle eßbaren Souvenirs auf, die er im Wohnzimmer auf dem Regal fand, unter anderem eine große Konservenbüchse mit chinesischem Schweinefleisch der Marke »Die große Chinesische Mauer«, die ich vor zehn Jahren noch in Leningrad von einem Chinesen geschenkt bekommen hatte. Er erwärmte die Büchse auf einer Kerze und teilte sich den Inhalt mit Masja. Auch trank er nach und nach alle kleinen Fläschchen mit Wodka aus, die sich seit mehreren Jahren auf dem Regal angesammelt hatten. Alles, was man zerkauen oder schlucken konnte, hatte Alexander Iwanowitsch während meiner Abwesenheit zerkaut und geschluckt, einschließlich der Vitamine im Erste-Hilfe-Kasten.

Als erstes ging Wladimir nach unten in den Keller und schaltete mit einem Knopfdruck die Stromversorgung wieder an. Als zweites bot er mir und Masja an, in seine Wohnung zu ziehen. Als drittes gingen wir zusammen in die Videothek, um den Pornofilm von Alexander Iwanowitsch zurückzugeben. Das kostete uns ein Vermögen.

Marfa

Alexander Iwanowitsch fuhr nach Rußland zurück, um neue Geschäftskontakte zu knüpfen, ich zog bei Wladimir ein. Zuerst wohnten wir zu dritt. Später, als unsere Tochter Nicole Helene Lilith auf die Welt kam, zogen wir noch einmal um, in eine größere Wohnung am anderen Ende vom Prenzlauer Berg. Wir bildeten eine solide Lebensgemeinschaft, in der sich alle Mitglieder gegenseitig mit Respekt behandelten. Nur Nicole Helene Lilith versuchte mehrmals, als sie noch ganz klein war, sich auf Masja zu setzen. Eines Tages verließ uns, völlig unerwartet, der Kater. Er nutzte eine offenstehende Wohnungstür, ging aus dem Haus, was er früher niemals getan hatte, und kam nicht mehr zurück. Wir suchten ihn lange in der Umgebung, klebten Suchzettel an die Laternen und Bäume, aber nach einer Woche gaben wir auf. Traurig über Masjas Abgang, trauten wir uns lange nicht, eine neue Katze anzuschaffen. Ich hatte auch ohne Haustiere genug zu tun – mein zweites Kind Sebastian Charles Gregor kam auf die Welt. Doch auf Dauer war ein Leben ganz ohne Tiere langweilig und pädagogisch falsch. Es steht in allen Erziehungsratgebern, daß man die Kinder unbedingt am besten gleich von Geburt an mit der Weltfauna konfrontieren sollte. Nur kann diese Weltfauna unterschiedlich präsentiert werden. Es muß nicht immer eine Katze sein, es gibt doch viele andere, noch niedlichere Tierarten, dachte ich. Als ich noch im Wedding wohnte und fast jeden Abend an einem großen Zoogeschäft in der Prinzenallee vorbeiging, staunte ich über die vielen Chinchillas, die dort hinter dem Schaufensterglas lebten. Diese Tiere waren anscheinend im Wedding sehr populär. Ich fand die Chinchillas mit ihrem traurigen Blick und den langen Nasen sehr rührend. Irgendwann, wenn ich Kinder habe, kaufe ich mir so eins, träumte ich. Nun schien die Zeit dafür reif zu sein. Alle vollmündigen Mitglieder unseres Haushalts waren dafür und die nicht-vollmündigen sowieso. In der Zeitung »Zweite

Hand« suchten wir nach einem passenden Chinchilla-Schnäppchen. Schnell wurden wir fündig. Für 20 DM bekamen wir bei einer Familie im Wedding (!) ein Chinchillaweibchen samt Käfig und Zubehör. Sie hatte keinen traurigen Blick, dafür aber ein zartes Fell und scharfe Zähne. Außerdem war unsere Chinchilla, die wir Dusja nannten, sehr biegsam. Sie schaffte es locker, sich durch die Gitter ihres Käfigs durchzuzwängen, schlenderte frei in der Wohnung umher und fügte in kürzester Zeit unserem Haushalt großen Schaden zu. Nicht nur die Stuhlbeine in der Küche, die Nasen und Finger aller Barbie-Puppen, die Bücher, Fotos und Zeitungen, auch alle Topfpflanzen wurden von ihr abgegessen. Sogar die Stromkabel von Kühlschrank und Fernseher fielen Dusja zum Opfer. Das kleine Tier schien sich in den Kopf gesetzt zu haben, unsere Wohnung zu ruinieren. Wir riefen den Notstand aus und bauten ein zweites Gitter um ihr Häuschen. Dusja bekam daraufhin sofort den chinchillatypischen traurigen Blick. Einmal am Tag durfte sie für fünf Minuten ihre Bleibe verlassen. Danach suchten wir in der Regel noch Stunden nach ihr. Es war also kein harmonisches Zusammenleben mit der Weltfauna, sondern eher ein Krieg. Man konnte diese Fauna weder streicheln noch auf die Hand nehmen. Oft erinnerte ich mich damals an meine Katzen. Eines Tages wurde uns klar, ohne eine richtige Katze ginge es nicht weiter.

In der russischsprachigen Berliner Zeitung wurden unter der Rubrik »Pferd im Mantel« ständig Katzen annonciert. Dazu muß ich sagen, daß sehr viele Russen auf Katzen stehen. Man kann die Katze zu Recht als nationales russisches Haustier bezeichnen. Auch im Ausland haben meine Landsleute diese Leidenschaft nicht aufgegeben. Sie züchten Katzen, suchen und tauschen Katzen, kaufen und verkaufen sie. Wir riefen bei einer russischen Familie in Marzahn an, die mehrere Siamkätzchen zum Verkauf anbot. »Die letzte, die letzte ist geblieben, klein, aber sehr verspielt«, sagte mir eine alte Frau am Telefon. Ich nahm eine große Reisetasche und fuhr los. So kam Marfa zu uns, die schönste Katze, die ich jemals besaß. Ihre Farbe war Kaffee mit Sahne, sie war dünn und zierlich gebaut, hatte blaue Augen, schwarze Ohren und Nase. Vom Charakter her war Marfa frech und schüchtern zugleich. Vor allem interessierte sie sich sehr für unseren Chinchilla. Sie jagte Dusja durch die Wohnung, sooft sie nur konnte. Wenn Dusja eingesperrt in ihrem Käfig saß, hielt Marfa neben dem Käfig Wache. Sie paßte auf, damit Dusja nicht zu nahe an das Gitter kam. In dem Fall steckte sie sofort ihre Pfoten durch die Stäbe und versuchte, das Chinchilla zu fangen oder ihn mindestens an der Nase zu kratzen. Sie waren also ein vorbildliches Paar, reif für eine Neuverfilmung von »Tom und Jerry«.

Es war eine Zeit, in der viele unserer Freunde und Nachbarn ihren losen Lebenswandel zugunsten eines gesitteteren Lebens aufgaben: Sie zogen zusammen, bekamen Kinder, gingen regelmäßig arbeiten, statt nur zu jobben, und gingen früh ins Bett – man sah sich kaum noch. Auf einer Party lernte ich damals ein Mädchen namens Katja kennen. Ein alter Bekannter von uns hatte sie mitgeschleppt. Ein kleines Mädchen mit großen Augen saß am Tisch mit einem großen Bierglas in der Hand und schimpfte wie ein Kutscher: Niemand konnte ihren 500-DM-Schein wechseln. Katja kam aus Weißrußland und studierte »Publizistik« in Berlin. Den großen Geldschein hatte sie als Dreimonatslohn für ihre Arbeit als Kellnerin in einem Lokal am Wittenbergplatz bekommen. Am nächsten Tag schaute sie bei uns vorbei, um sich Geschirr abzuholen, das ich ihr schenken wollte. Sie blieb eine ganze Woche bei uns. Katja wohnte allein und langweilte sich ein wenig, deswegen war sie von unserer Großfamilie sehr angetan. Auch die Tiere und Kinder freundeten sich mit Katja an.

Marfa wurde langsam erwachsen, das verspielte Kätzchen verwandelte sich in eine hübsche, eigenwillige Katze, sie schrie Tag und Nacht. Ich versuchte alles, um sie zu beruhigen, bespritzte sie sogar mit Heilwasser nach einem mittelalterlichen Rezept, nichts half. Der von uns für sie bestellte russische Kater aus Charlottenburg benahm sich wie ein Macho, zuerst interessierte er sich sehr für sie, und sie lief weg, dann interessierte sie sich für ihn, aber er hatte plötzlich keine Lust mehr und versteckte sich vor ihr. Zwischendurch lief noch das Chinchilla Dusja durch die Wohnung, was beide Katzen sehr irritierte und von der Sache ablenkte. Wir waren froh, als der Kater nach drei Tagen wieder von seinen Besitzern abgeholt wurde. Gleichzeitig half uns Katja, das Chinchilla in gute Hände abzugeben. Marfa wurde trotzdem schwanger und bekam drei Babys. Sie waren alle weiß und sahen aus wie Mäuse. Unsere Kinder spotteten: »Unsere Marfa hat Mäuse geboren.« Nach alter russischer Sitte haben wir alle drei getauft. Ein Mäuschen ging an den Besitzer des Katers nach Charlottenburg, als eine Art Gage für dessen Leistung. Ein weiteres Mäuschen verkauften wir über eine Zeitungsannonce an einen Deutschen, der sich sehr doof anstellte: Er kam mehrere Male zur Besichtigung, saß stundenlang vor dem Kätzchen und konnte sich nicht entscheiden. »Ich liebe sie jetzt schon«, sagte er. »Na dann, wo hakt es?« versuchte ich den Mann zu ermutigen. »Aber was ist, wenn sie krank wird und stirbt? Ich werde wohl sehr traurig sein. Oder wenn sie wächst und nicht mehr so schön wird ... oder wenn sie mir wegläuft ...«, murmelte er. Eine solche Entscheidungsschwäche hatte ich vorher noch nie bei jemandem erlebt. Nach drei solcher Sitzungen redete ich mit dem Mann Tacheles: »Entweder nimmst du die Katze jetzt, oder du gehst«, sagte ich. Mit Tränen in den Augen nahm er die Katze und lief zur Tür. Das dritte Mäuschen bekam Katja. Unsere Freundin versprach sich sehr viel davon. Katja war der Überzeugung, dass Siamkatzen ihrem Besitzer Familienglück bringen würden. Sie nannte ihre Katze Martha. Ich hielt von solchem Aberglauben nicht viel, doch in Katjas Fall hat er sich bestätigt: Kaum war die Katze in ihrer Wohnung, lernte sie einen Mann kennen, der einen Kater besaß. Sie zogen zusammen, legten sich noch zwei Hunde zu und ein Kind.

Unsere Marfa wurde schnell wieder rollig. Um ihr und uns den Streß zu ersparen, ließen wir sie sterilisieren. Das hat sie uns bis heute nicht verziehen. In der ersten Zeit nach der Operation veränderte sich ihr Charakter: Sie wurde depressiv, bewegte sich kaum noch, saß nur die ganze Zeit auf einem kalten Heizkörper und starrte ins Nichts. Marfa tat uns so leid, daß wir beschlossen, ihr einen Freund zu besorgen.

Fjodor

Es gibt so viele Katzenanbieter in Berlin und so viele Katzen. Was muß man tun, um die richtige zu finden? Wie in jeder zwischenmenschlichen Beziehung gibt es hierbei nur eine Methode: nicht nach dem Preis urteilen, sondern auf sein Herz hören. Wochenlang durchkämmte ich sämtliche Zeitungsannoncen auf der Suche nach einem passenden Siamkater für unsere Marfa und konnte nichts finden, was mich überzeugte. Doch die Katzengeburtenrate war damals in Berlin gerade auf dem höchsten Niveau. Eine Familie aus Frohnau annoncierte neun Siamkätzchen auf einmal. Da muß doch der richtige dabei sein, dachte ich und fuhr los. Sie schliefen alle, als ich dort ankam. Der Vater Kater war schlank und kurzhaarig, er lief im Zimmer herum und blickte so stolz, als ob er sagen wollte, neun Kinder habe ich locker hingekriegt, und das ist noch nicht die Grenze des Möglichen, das nächste Mal mache ich euch zwanzig. Die Mutter sah aus wie eine echte subtile Siamkatze. Aus drei Jungen wählte ich einen aus, der mir etwas dickfelliger als die anderen vorkam. Er wird bestimmt eine Kopie seines Vaters werden, meinte die Züchterin. Ich nahm das Kätzchen ohne Bedenken mit, bei solchen Eltern konnte nichts schiefgehen. Schon unterwegs fing der Kater an zu erzählen, mit einer kräftigen Stimme, die für sein Alter ganz ungewöhnlich war. Der Taxifahrer wurde zunehmend nervös, er bedrängte mich mehrmals mit der Frage: »Quälen Sie das Tier?« Zu Hause schrie der Kater weiter, er wirkte sehr aufgeregt und führte Selbstgespräche. Als unsere Marfa ihn sah, begegnete sie ihm sofort feindselig, sie haute ihm mit der Pfote eine aufs Maul oder zischte wie eine Schlange. Am dritten Tag brachte ich ihn zum Arzt. »Der arme Kater schreit die ganze Zeit, vielleicht ist mit ihm etwas nicht in Ordnung?« sagte ich zur Tierärztin. »Ein herausragender Fall!« schwärmte die Ärztin und rieb sich die Hände. »Sie haben einen sprechenden Kater! Ich habe zwar viel davon gehört, aber noch nie einen mit eigenen Augen gesehen!« Der sprechende Kater wuchs sehr schnell. Er bekam von uns den Namen Fjodor, zu Ehren des großen russischen Schriftstellers Dostojewski, der zu seiner Zeit auch ein Sonderling war. Unser Fjodor war nach drei Monaten schon größer als seine Eltern, er bekam eine für seine Rasse höchst ungewöhnliche Ganzkörperbehaarung, unter anderem einen langen Spitzbart und einen Pfauenschwanz, den er wie ein Blumenstrauß senkrecht nach oben trug. Fjodor war weder seinem Vater noch seiner Mutter ähnlich, er erinnerte aber physiognomisch tatsächlich an den verrückten russischen Schriftsteller. Bei unseren Kindern stieg Fjodor schnell zu ihrem Lieblingsplüschtier auf. Sie wickelten ihn in verschiedene Klamotten oder Bettlacken ein, kämmten ihm die Haare, trugen ihn im Korb durch die Wohnung. In der ersten Zeit sorgte Fjodor für erhebliche Ruhestörung und bescherte uns einige schlaflose Nächte. Der Kater orakelte ununterbrochen. Er konnte keine zehn Minuten still sitzen. Tag und Nacht erzählte er uns seine Geschichten. Wir verstanden kein Wort. Mehrmals versuchten die Kinder seine Katzensprache zu entziffern, sie waren überzeugt, Fjodor würde uns Märchen erzählen. Nach ein paar Monaten gewöhnten wir uns an diese Geräuschkulisse, der sprechende Kater hatte sich unterdes mit unserer

Marfa angefreundet, sie hatte wahrscheinlich als einzige seine Geschichten verstanden und sie schätzengelernt. Ab und zu leckte sie ihm dafür die Nase oder versuchte spielerisch, ihm die Kehle durchzubeißen. Sie schliefen zusammen neben uns im Bett. Im Schlaf umarmten sie sich. Mit acht Monaten brachten wir Fjodor zur Sterilisation, danach erkannte Marfa ihn nicht mehr wieder. Sie versteckte sich, Fjodor suchte sie überall. Nachts kam Marfa aus ihrem Versteck und griff den sprechenden Kater an. Die Kinder übernahmen die Rolle von Blauhelmen: Sie versuchten die beiden Katzen mit Gewalt zu versöhnen.

Mitten in diesem Konflikt tauchte bei uns der abenteuerliche Geschäftsmann Alexander Iwanowitsch auf, diesmal nicht allein und in keiner guten Verfassung. Alexander Iwanowitsch fuhr einen BMW, hatte eine uns unbekannte russische Braut auf dem Rücksitz, eine vergipste Hand und keinen Pfennig Geld mehr. Er bat uns, ihm und seiner Freundin Sweta kurzfristig Asyl zu gewähren. Abends in der Küche erzählte er uns seine Leidensgeschichte. Nach seinem Rückzug aus Europa war Alexander Iwanowitsch von seinen Geschäftspartnern und Geldgebern in St. Petersburg nicht umgebracht worden, wie wir alle vermutet hatten. Im Gegenteil: Seine Geschäftspartner aus dem russischen Allzweck-Konzern »Russian Metal Export Royal« hatten ihn wie einen verlorenen Bruder empfangen und ihm zu verstehen gegeben, dass sein Leben ihnen sehr wertvoll sei. Der Wert seines Lebens belief sich mittlerweile mit Zinsen auf knapp eine Million Dollar, so viel schuldete Alexander Iwanowitsch seinen Geschäftspartnern. Sie hatten darüber hinaus auch noch Probleme mit den Kollegen von »United Metal Export Royal« in Amerika. Die Firma schuldete ihnen auch viel Geld – eine halbe Million – und stellte sich dumm. Alexander Iwanowitsch bekam eine Chance: Als weltgewandter Mensch sollte er nach Amerika fliegen und die Schulden für unseren »Export Royal« eintreiben. Zur Belohnung bekäme er die Möglichkeit, wieder ins Geschäft einzusteigen. Alexander Iwanowitsch flog nach L. A., lernte die richtigen Leute kennen und schaffte das Unmögliche. Er bekam die halbe Million von den Amerikanern. Die verspielte er natürlich sofort in Las Vegas. Danach wohnte Alexander Iwanowitsch in Amerika eine Woche lang unter einer Brücke. Dort lernte er eine junge arme Frau kennen. Er gab ihr seine letzten zwanzig Dollar. »Mir würden diese zwanzig Dollar sowieso nicht mehr helfen«, erklärte er der Frau. Innerlich hatte er schon einen fetten Strich unter sein Leben gezogen.

Alexander Iwanowitsch gehörte nicht zu der Sorte Mensch, die für zwanzig Dollar zwanzig

Tage lang gut unter der Brücke leben können. Er war ein leichtsinniger und risikofreudiger Verschwender, ein Spieler, der ständig zwischen »alles« und »nichts« pendelte. Einen Tag später fand ihn das arme Mädchen unter der Brücke und gab ihm 500 Dollar. Sie sei nicht wirklich arm, sondern von ihren reichen Eltern abgehauen und nun zu ihnen zurückgekehrt, erklärte sie ihm. Der arme Russe hatte ihr es angetan, sie wollte ihm helfen. Mit dem Geld könne Alexander Iwanowitsch es bis in seine Heimat schaffen, meinte sie. Alexander Iwanowitsch bedankte sich herzlich, dachte aber gar nicht daran, nach St. Petersburg zurückzufliegen. Er nahm das Geld und ging sofort wieder ins nächste Kasino. Dort gewann er 20 000 Dollar. Eine Glückssträhne! dämmerte ihm. Die Hälfte von seinem Gewinn verspielte er wieder – am nächsten Tag. Mit der anderen Hälfte flog er nach Amsterdam, wo er noch Freunde hatte. Diese Freunde hatten aber von seinem Scheitern in Amerika gehört, denn beide »Export Royals« suchten ihn überall, deswegen wollten sie nichts mehr von ihm wissen. In sentimentaler Stimmung suchte Alexander Iwanowitsch in Amsterdam ein Bordell auf, das von Jugoslawen geführt wurde. Dort lernte er Sweta, eine alleinstehende Mutter aus Weißrußland, kennen, verliebte sich in sie und beschloß auf der Stelle, Sweta aus den Händen der Jugoslawen zu befreien. Über das Wie der Befreiung mußte er sich keinen Kopf machen: Alexander Iwanowitsch spielte mit den Jugoslawen Poker – und gewann. Die Frau gehörte ihm. Anstatt aber mit seiner Liebe abzuhauen, machte Alexander Iwanowitsch den ewigen Spielerfehler, er spielte weiter, um seine Glückssträhne bis zum letzten auszukosten. Sie spielten drei Tage und drei Nächte. Seine Glückssträhne riß nicht ab. Nach dem ersten Tag verlor Alexander Iwanowitsch die Frau, nach dem zweiten gewann er sie wieder zurück, so wie auch alle anderen Frauen im Bordell, den Wagen des Besitzers und halb Jugoslawien dazu. Später verlor er die Frauen, hatte aber noch das Bordell und den Wagen. Das Ergebnis dieses langen Spiels war, daß keine der beiden Seiten am Ende für ihre Verpflichtungen einstehen konnte und wollte. Die Jugoslawen bezichtigten Alexander Iwanowitsch des unehrlichen Spiels und brachen ihm eine Hand. Er mußte vom Pokertisch fliehen, konnte aber noch achttausend Dollar und die Weißrussin mitnehmen. Für das Geld kaufte er einen BMW und fuhr nach Berlin. Als er bei uns mit seiner Freundin Sweta auftauchte, war von dem Geld nichts mehr übrig, an wertvollen Gegenständen besaß er nur noch einen Anzug, eine frische russische Zeitung und eine Stange Marlboro. Trotz seiner miesen Lage benahm sich Alexander Iwanowitsch, bei uns in der Küche sitzend, immer noch verschwenderisch. Er bot uns ständig seine Sachen an: »Ein Zigarettchen vielleicht?« oder: »Eine sehr interessante Zeitung übrigens, könnt ihr lesen.«

Alexander Iwanowitsch und Sweta zogen bei uns auf unbestimmte Zeit ein. Das Leben in unserer Wohnung glich einem Zoo. Sechs Menschen und zwei Katzen auf einer Fläche von 57 Quadratmetern. Alexander Iwanowitsch durfte wegen seiner fast ausweglosen finanziellen Lage nicht mehr mit Menschen spielen. Deswegen erwählte er den Computer von Wladimir zu seinem Hauptgegner und spielte mit ihm nächtelang Poker. Der Computer forderte von Alexander Iwanowitsch kein Geld und brach ihm nicht die Arme, dafür hatte er immer die besseren Karten. Jedesmal, wenn Alexander Iwanowitsch gegen den Computer verlor, erschien eine lustige Ansage auf dem Bildschirm: »Versager!«, stand dort oder: »Häng dich auf!« Es war ein russisches Spielprogramm. Die Gemeinheiten deprimierten Alexander Iwanowitsch sehr. Oft saß er nachts in der Küche und beschwerte sich. Seine Freundin Sweta hatte auch nichts zu tun, sie wanderte schweigend durch die Wohnung und überlegte sich die ganze Zeit, ob das die richtige Entscheidung gewesen war, das Bordell in Amsterdam gegen Alexander Iwanowitsch einzutauschen. Wladimir mußte sogar mit ihr ins Kino gehen, damit sie sich nicht so langweilte. Oben auf dem Küchenschrank saß Fjodor und orakelte wie ein Katzenradio, das man nicht ausschalten konnte. Alexander Iwanowitsch sprach mit ihm. In der Dunkelheit jagte Marfa unsichtbare Mäuse. Oft attackierte sie unsere Gäste. »Er verarscht mich!«, beschwerte sich irgendwann Alexander Iwanowitsch bei Fjodor über den Computer. »Ich hatte zwei Sechser und drei Siebener. Er aber zum zweiten Mal Flash Royal!« »Lulilu! Mjau – maa!«, antwortete Fjodor. Die Kinder konnten nicht schlafen, sie beschwerten sich und meinten, nachts merkwürdige Stimmen zu hören. »Mama, gibt es in unserem Haus Gespenster?« fragten sie. Ich konnte ihnen nicht das Gegenteil beweisen.

Wassilissa

Alexander Iwanowitsch siechte dahin. Seine Freundin Sweta verließ ihn nach vier Wochen, sie fuhr in ihre weißrussische Heimatstadt zurück, in die Stadt Gomel. Dort hatte sie eine alte Mutter, einen Liebhaber, der Kriegsinvalide war, und zwei erwachsene Kinder – wie sich dann herausstellte. Ohne Liebe und ohne seine Millionen, zerfressen von der Spielsucht und Albträumen, verkümmerte Alexander Iwanowitsch wie eine Palme im Schnee. Zu allem Unglück kamen noch gesundheitliche Probleme dazu. Anfang Dezember gaben wir zu Hause eine kleine Party. Ein Freund von uns, ein Historiker, spezialisiert auf die Antike, der unter

Übergewicht litt und sich deswegen für alle möglichen Sportarten interessierte, erzählte am Tisch mit Begeisterung von seinem neuen Hobby. Vor kurzem hatte er Karate entdeckt, er besuche seitdem regelmäßig eine exklusive Karate-Schule in Charlottenburg, wo er gerade einen Kampfschlag namens »Der Drachenschwanz« lernte. Alexander Iwanowitsch, der etwas zuviel getrunken hatte, konnte sich den dicken Historiker nicht so recht als »Drachenschwanz« vorstellen. Er lachte und forderte unseren Gast auf, ihm diesen Schlag hier und jetzt vorzuführen. Beide Männer gingen in den Korridor, der Historiker zeigte unserem Mitbewohner den Drachenschwanz. Alexander Iwanowitsch fiel um, stand jedoch sofort wieder auf und schüttelte dem Historiker dankbar die Hand. Die Präsentation hätte ihn voll überzeugt, meinte er. Diesen kleinen Zwischenfall hatte kaum jemand am Tisch bemerkt. Tief in der Nacht, als alle Gäste bereits nach Hause gegangen waren, wurde Alexander Iwanowitsch schlecht. Er übergab sich mehrmals und klagte über heftige Schmerzen in der Brust. Am nächsten Tag gingen wir zum Arzt: Alexander Iwanowitsch hatte zwei gebrochene und eine angebrochene Rippe bei der Karate-Nummer davongetragen. Nun konnte er nicht einmal mehr Computer spielen. Unser armer Freund saß die ganze Zeit in der Küche, eingewickelt in einen elastischen Verband, und telefonierte mit all seinen Bekannten, die ihm im früheren Leben Geld geschuldet hatten. Er holte jedesmal weit aus: »Hallo, wie geht es dir? Weißt du noch, wie wir damals ...« Doch spätestens wenn er nach dem Geld fragte, legten die Freunde auf. Wir glaubten inzwischen nicht mehr daran, daß es Alexander Iwanowitsch gelingen würde, sich wieder finanziell zu berappeln. Doch er war ein unsinkbarer Mensch. Jedesmal, wenn nichts mehr ging, fand sich plötzlich doch wie von selbst ein Ausweg.

Ein ehemaliger Kollege von Alexander Iwanowitsch mit dem Spitznamen Spatz meldete sich aus Paris. Er war dort zu einem großen Gebrauchtwagenhändler aufgestiegen und Alexander Iwanowitsch noch immer für irgendetwas sehr verbunden. Deswegen war er von sich aus bereit, ihm nun finanziell wieder auf die Beine zu helfen. Unser Freund wollte sofort in seinen BMW steigen und nach Paris fahren, wir redeten ihm das aber aus: Erst einmal hatte sich Alexander Iwanowitsch noch nicht von seinen Rippenbrüchen erholt, er war noch zu schwach, um eine solche Reise allein zu bewältigen, zweitens hatte er nur einen weißrussischen Führerschein, und drittens konnte er außer zwei Sätzen Englisch keinerlei Fremdsprachen. Schließlich beschlossen wir, alle zusammen nach Paris zu fahren: Wladimir, er und ich. Die

Kinder und die Katzen gaben wir bei Wladimirs Mutter ab, die in der Nähe wohnte. Dafür versprachen wir, ihr etwas Schönes aus Paris mitzubringen. Wladimir und ich freuten uns sehr auf diese Reise. Natürlich wollten wir nicht nur nach Paris fahren, um unserem Mitbewohner beizustehen. Wir verfolgten dabei ganz egoistische Ziele. Ich wollte von den Pariser Austern kosten, die angeblich noch besser als die in Berlin schmecken sollten. Außerdem wollte ich mir einen schicken modischen Hut in Paris kaufen, in Berlin war so etwas nicht zu finden. Wladimir überredete uns, unterwegs einen kleinen Abstecher nach Karlsruhe zu machen. Dort heirateten gerade zwei alte Freunde von ihm, beides Schauspieler, die er noch aus Moskau kannte: Maria Schwarz und Arthur Nuriew. Alexander Iwanowitsch freute sich sehr, daß wir ihn begleiten wollten, er war deswegen für jeden Umweg zu haben und versprach uns außerdem tonnenweise Austern mit Champagner, sollte er in Paris wieder zu Geld kommen. Die ganze Reise durfte jedoch nicht länger als drei Tage dauern, weil wir den Kindern versprochen hatten, zu Weihnachten wieder zu Hause zu sein. Wir mußten uns also beeilen. Wir fuhren noch am selben Nachmittag los, erst einmal Richtung Karlsruhe, Alexander Iwanowitsch saß am Steuer. Er konnte wegen seiner Rippen nicht reden und sich nicht umdrehen, was ihn aber nicht daran hinderte, überall, wo es ging, 200 Kilometer in der Stunde zu fahren. Die Autobahn war fast leer, bis Karlsruhe brauchten wir sechs Stunden.

Die Braut wohnte in einem Mehrfamilienhaus mit zwei Dutzend Namen auf den Klingelschildern. Alle hießen Schwarz. Wladimirs Bekannte Maria gehörte einer großen rußlanddeutschen Familie an, die Anfang der neunziger Jahre aus Kasachstan nach Karlsruhe übergesiedelt war. Den offiziellen Teil ihrer Hochzeit – den Gang zum Standesamt mit abschließender Stadtrundfahrt in einem weißen hupenden Cadillac, verpaßten wir. Als wir ankamen, feierte die gesamte Großfamilie bereits in einem Partyraum unter dem Dach: Marias Eltern und Großeltern, ihre Brüder, Schwestern und deren Kinder saßen an einem langen Tisch. Wir kannten niemanden außer dem Brautpaar. Maria und Arthur hießen uns herzlich willkommen. Der Rest der Familie wußte wenig mit uns anzufangen. Besonders mißtrauisch reagierten sie auf Alexander Iwanowitsch, der mit seinem BMW, seiner Lederjacke und seinen gebrochenen Rippen, von denen er sofort allen erzählte, allzusehr einem russischen Mafioso auf der Flucht glich, der er ja eigentlich auch war. Nachdem die ersten Trinksprüche verkündet waren und die Jugend angefangen hatte zu tanzen, nahm der

Familienälteste sich Alexander Iwanowitsch vor. Er setzte sich zu ihm und versuchte diskret herauszufinden, wer er war. Alexander Iwanowitsch hatte inzwischen ganz schnell ganz viele Wodkas getrunken, einen Tango mit der Braut getanzt und völlig unvermittelt die Großmutter des Bräutigams gekitzelt. Bei den Zwillingsbrüdern der Braut erntete er dafür bereits rachsüchtige Blicke. Nun machte er auch noch den Fehler, auf die einfache Höflichkeitsfrage des Großvaters: »Was machen Sie denn beruflich?«, viel zu präzise zu antworten. Er stellte sich als der ehemalige Chef des russischen Konzerns »Russian Metall Export Royal« vor, der unterwegs sei, um neue Geschäftskontakte im Westen zu knüpfen. Großvater Schwarz erwähnte dazu, in einer russischen Zeitung gelesen zu haben, daß der Chef dieses Konzerns gerade eben erschossen worden sei, angeblich von der Konkurrenz. »Wir haben viele Chefs und lange Hände!« erwiderte der betrunkene Alexander Iwanowitsch schnell. »Wir Chefs leben gefährlich, immer auf Messers Schneide, unser Berufsrisiko ist es, jede Minute erschossen zu werden«, fügte er hinzu und klopfte Großvater Schwarz brüderlich auf die Schultern. Die Situation eskalierte. Die Zwillingsbrüder erkundigten sich höflich, ob er nicht zufällig von Interpol gesucht werde, wenn ja, ob mit Kopfgeld und in welcher Währung. Alle meine Versuche, unseren Freund als harmloses armes Schwein darzustellen, scheiterten – vor allem an seiner eigenen Unwilligkeit. Alexander Iwanowitsch hatte anscheinend zu lange zu Hause gesessen und spielte sich vor diesen fremden Menschen erbarmungslos auf. Wladimir saß die ganze Zeit in einer Ecke mit seinem alten Freund Arthur, dem Bräutigam, und bekam so gut wie nichts von der Selbstdarstellung unseres Reisepartners mit. Spätestens um Mitternacht wurde mir klar, daß wir sofort abreisen mußten. Ich zerrte Alexander Iwanowitsch vor die Tür, unterwegs verabschiedeten wir uns von der Hochzeitsgesellschaft. Sie waren sichtlich erleichtert, daß wir gehen wollten. Doch Alexander Iwanowitsch war mit der Hochzeit noch nicht fertig. Zuerst versuchte er die Braut mit blöden Sprüchen zu entführen, als dies mißlang, gab er uns die Autoschlüssel und rief: »Fahrt schon mal das Auto vor ...« Ich hatte mit dem Wagen keine Erfahrung. Als ich die Türen aufmachte, ging die Alarmanlage los. Die gesamte Familie Schwarz stand an den Fenstern und schaute zu uns runter. Auch in den umliegenden Häusern gingen die Lichter an, die Nachbarn traten auf ihre Balkone. Während Wladimir und ich erfolglos versuchten, die Alarmanlage auszuschalten, pinkelte Alexander Iwanowitsch in den gepflegten Vorgarten der Familie Schwarz und sang dabei populäre russische Volkslieder. Erst im Wagen wurde unser Freund wieder nüchtern und vernünftig.

In Paris angekommen, fuhren wir sofort zu seinem Kumpel Spatz. Der war ein kleiner, kahlköpfiger Mann Mitte Vierzig, mit einer piepsigen Stimme. Er vergötterte Alexander Iwanowitsch. Spatz wohnte am Rande der Stadt in einer Wohnung, die wie ein Büro aussah. Mitten im Zimmer stand ein großes Kopiergerät, im Korridor lag ein Berg alter Reifen, auf dem Schreibtisch stapelten sich Aktenordner, überall lagen Autokataloge und Autozeitschriften herum. Das einzige Lebewesen, mit dem Spatz die Wohnung teilte und das etwas Gemütlichkeit in die Bude brachte, war seine kleine Katze, ein grauer Main-Coon, lebensfroh und quicklebendig. Sie sprang jedem auf die Schulter. Alexander Iwanowitsch bekam von seinem Exkollegen einen Batzen Geld, er lud alle zum Austernessen ein, kaufte mir einen Hut und Wladimir einen schicken Regenschirm. Wir fuhren durch die Stadt auf der Suche nach weiteren Freizeitvergnügungen, u. a. besuchten wir mehrere Tequila-Bars und einige Striptease-Lokale. Alexander Iwanowitsch war jedoch von Paris enttäuscht. Er konnte vor allem die völlige Abwesenheit von Kasinos nicht ertragen. »Wo spielen die Franzosen?« fragte er seinen Kumpel. »Die meisten fahren zum Spielen nach Monte Carlo«, meinte Spatz. Er aber würde einen Laden kennen, in dem man illegale Glücksspiele betriebe. Wladimir und ich waren dagegen, dieses Etablissement aufzusuchen. Wir wiesen Alexander Iwanowitsch darauf hin, daß er doch eigentlich nicht wirklich spielen wolle, sondern quasi fremdbestimmt von seiner Spielsucht dort hingetrieben werde. Ferner erinnerten wir ihn zum hundertsten Mal daran, daß es nicht die Freude am Gewinn sei, die ihn zum Spieltisch ziehe, sondern die Angstlust, wieder zu verlieren. Dieses Abc eines Spielsüchtigen stand in jedem Spielsucht-Ratgeber, und natürlich wußte Alexander Iwanowitsch auch ohne uns über seine Krankheit Bescheid. Doch was jucken einen die Ratgeber, wenn die Taschen voll sind und die Kugel rollt? Wir gingen also in das illegale Kasino. Alexander Iwanowitsch setzte 100 Euro auf die Zahl 28 und gewann. Schlimmer konnte es nicht kommen. Jetzt war unser Freund nur noch mit einem Bulldozer aus dem Schuppen rauszukriegen. Während wir weiter Tequila tranken, setzte Alexander Iwanowitsch weiterhin hartnäckig auf 28 und forderte seinen Freund Spatz auf, ebenfalls auf die 28 zu setzen. Einmal gehorchte Spatz ihm nicht, er hatte die Nase voll von 28 und wechselte zu 26. Gerade in dieses Spiel gewann aber die gute alte 28 wieder. Das war eine Tragödie. In der relativ kurzen Zeit, die wir im Spielkasino verbrachten, hatte Alexander Iwanowitsch es geschafft, nicht nur sich selbst erneut zu ruinieren, sondern auch seinen Kollegen Spatz mit in den Abgrund zu reißen. Zu Hause setzten sich die beiden Männer mit einer Flasche Tequila zusammen, um sich zu beraten. Sie beschlossen, sofort mit dem BMW von Alexander Iwanowitsch nach Polen zu reisen, um das restliche Geld von Spatz dort zu holen und mit diesem Geld alles zurückzugewinnen. Wir hielten die Reise für ein sinnloses Unterfangen, aber auf uns hörten sie nicht. Die beiden waren nicht zu bremsen. Spatz bat uns, zwei Tage auf seine Katze aufzupassen, dann fuhren sie los.

Wir verbrachten zwei herrliche Tage in Paris, besuchten Museen oder gingen am Ufer der Seine spazieren. Die Stadt schmückte sich derweil mit Girlanden, überall wurden Karussells aufgestellt, rotwangige Kinder stopften warme Crèpes mit Schokolade in sich rein. Uns befiel allmählich das Heimweh, wir wollten nach Hause zu unseren Kindern – und zum Tannenbaum. Die beiden Spielfreunde kamen auch nach zwei Tagen nicht zurück, was abzusehen gewesen war. Von unserem letzten Geld kauften wir zwei Busfahrkarten nach Berlin. Die kleine Katze vom Spatz nahmen wir mit, damit sie in der leeren Wohnung nicht verhungerte.

Zu Hause angekommen, gingen wir sofort zu

Wladimirs Mutter, um die Kinder abzuholen. Sie erzählte uns, die ganze Nacht habe sie einen Kater im Traum gesehen, um den sie sich unablässig kümmern mußte. Plötzlich fiel mir ein, daß wir gar nichts für die Mutter mitgebracht hatten. Kurzerhand schenkten wir ihr die Katze von Spatz. So wurde ihr Traum wahr. Weil es aber eine Katze und kein Kater war, tauften wir sie auf den Namen Wassilissa. Wladimirs Mutter war zuerst nicht sonderlich begeistert von diesem Pariser Souvenir. Wassilissa sprang ihr sofort auf die Schulter und blieb dort den ganzen Tag sitzen. Inzwischen sind sie jedoch unzertrennlich geworden. Meine einzige Sorge war, der alte Inhaber aus Paris könnte seine Katze zurückfordern. Für diesen Fall hatte ich den Plan, ihm in Berlin eine neue Main-Coon zu kaufen. Spatz hat sich aber bis heute nicht gemeldet. Auch von Alexander Iwanowitsch hörten wir nicht mehr viel. Ein Freund von ihm erzählte uns neulich, er habe seine Karriere als Geschäftsmann aufgegeben, sei nach Rußland zurückgekehrt und in die Politik gegangen. Vor kurzem soll er in Sankt Petersburg für den Posten des Bürgermeisters kandidiert haben.

Epilog

Zu meinem Vertrautenkreis gehören zur Zeit drei Katzen: Fjodor und Marfa, die mit uns zusammen wohnen, und die Main-Coon Wassilissa, die wir mindestens einmal in der Woche bei Wladimirs Mutter besuchen. Außerdem läuft noch in unserem Hinterhof der Nachbarkater Marx herum, der zwar nicht heimat- bzw. herrenlos ist, aber das Leben eines wilden, nicht sterilisierten Katers führen darf. Jetzt ist Frühling, und Marx schreit aus vollem Hals – auf einer Biomülltonne im Hof sitzend. Unsere beide Katzen schauen ihm vom Balkon aus neugierig zu. Marx ist nicht nur für sie ein Unikum, er ist auch grundsätzlich für Deutschland eine untypische Erscheinung. Es gibt hier kaum Katzen, die auf der Straße leben. Zumindest in der Stadt darf die Mehrheit der Katzen die Wohnung nicht verlassen, was für Westberlin noch mehr gilt als für Ostberlin, weil es hier bis zur Wende nicht soviel Autoverkehr gab. Doch selbst als »Etagentiger« verlieren die Katzen nicht ihre magischen Fähigkeiten. Sie verkörpern für mich Eigensinn und Unabhängigkeit. Sie lassen sich von niemand richtig zähmen, dressieren oder zu irgend etwas überreden. Daran sollten sich die Menschen ein Beispiel nehmen. Ich kenne viele Länder, in denen Katzen heute noch als heilige, unantastbare Tiere gelten – und auch so behandelt werden. In Italien oder Spanien laufen sie oft in großen Rudeln durch die Straßen und werden nicht nur von Menschen, sondern auch von den Hunden mit Respekt behandelt. In Griechenland, in Athen, sitzen die Katzen auf den Kneipentischen oder schlafen auf den frischen Zeitungen in den Kiosken. Ein Restauranttisch mit einer Katze drauf gilt dort als besetzt, auch von den Zeitungsstapeln werden sie nicht verjagt, nur weil irgendein Tourist sich gerade für die frische Presse interessiert. Jedesmal, wenn ich diese Straßenkatzen sehe, erinnert mich das an meine Heimat. Trotz der proletarischen Diktatur, die die Menschen in ihrer Bewegungsfreiheit einschränkte, lebten die

Katzen in der Sowjetunion auf freiem Fuß. Reine Hauskatzen gab es bei uns überhaupt nicht. Alle kamen und gingen sie, wann und wie es ihnen paßte, und stets genossen sie die Zuwendung der Bevölkerung.

Heute habe ich mehr Kenntnisse von anderen Ländern, und wenn ich zurückblicke, steht für mich fest: Die Sowjetunion war ein Katzenland! Unsere Katzen wohnten in den Höfen, auf den Bahnhöfen und Flughäfen, in Lebensmittelgeschäften, Hotellobbys und Parkanlagen, auf den Dächern und in den Kellern der Wohnhäuser, in Restaurantküchen und Armeekasernen, in den Kulturhäusern und Kinos, sie vermehrten sich frei wie die Spatzen in China, und niemand konnte oder wollte ihnen irgend etwas anhaben. Neben unserem Haus in Leningrad lebten mindestens drei Dutzend Katzen in dem großen Lebensmittelladen »Ozean«, in dem nur Fischprodukte verkauft wurden. Die Katzen lagen dort auf allen Heizkörpern, schliefen unter den Verkaufstresen und auf den Fensterbrettern. Sie waren alle dick. In Deutschland leben die Katzen wie Fische im Aquarium, sie werden dreimal am Tag mit Spezialprodukten gefüttert, für sie werden spezielle Kratzbäume und Personaltoiletten gekauft, manche Katzen haben sogar eine Krankenversicherung und werden regelmäßig zum Zahnarzt gebracht. Aber auch unter diesen schwierigen Lebensbedingungen verlieren sie nicht ihre Unabhängigkeit – sie bleiben Katzen. Manche meinen, der Hund ist des Menschen Freund unter den Tieren. Er kann dir Pantoffeln ans Bett bringen, auf deine Befehle hören, dich vor Einbrechern schützen. Außerdem wird der Hund in den modernen Verhältnissen oft als Ersatz für fehlende Familienmitglieder benutzt. Ein Nachbar von uns streitet sich täglich mit seinem Hund, als wäre das Tier seine liebe Ehefrau. Eine richtige Frau hätte ihn bestimmt gleich am ersten Tag verlassen, weil er eine solche Nervensäge ist. Doch der Hund hört zu und ist scheinbar für jedes Schimpfwort auch noch dankbar. Wäre er ein richtiger Freund seines Herrn, hätte er ihm längst ein paar Körperteile abgebissen. Der Hund aber wackelt nur mit dem Schwanz. Seine Freundschaft ist scheinheilig. Der Hund hat keine Individualität, er ist bereit, jedem Muffel bedingungslos und hingebungsvoll zu dienen. Die Katzen bringen einem zwar keine Pantoffeln ans Bett, sie werden deinen Befehlen niemals folgen, sie werden dir nicht die Frau, den Mann oder das Kind ersetzen, dafür erwärmen sie einem die Seele, weil sie ein Menschenideal vorleben. Sie sind im Geiste mit uns verbunden. Ich liebe die Katzen, der Inbegriff der Freiheit, und ich weiß, daß ich nicht die einzige bin. Wie neulich ein Bekannter von mir sagte: »Warum ich die Katzen den Hunden vorziehe? Weil es keine Polizeikatzen gibt – und auch nie geben wird.«

2. Auflage
© Ullstein Buchverlage GmbH, Berlin 2005

ISBN-13: 978-3-550-08628-1
ISBN-10: 3-550-08628-8

Alle Rechte vorbehalten
Gesetzt aus der Baskerville bei LVD GmbH, Berlin
Druck und Bindung: Clausen & Bosse, Leck
Printed in Germany